U0449039

锦书云

锦书飞云字，玉简黄金编

张大千：平生梦结青城宅

何民 著

四川人民出版社

泼翻彩墨千峰翠,收尽云涛入砚池。

目 录

001　代序　梦到青城古洞前

009　第一章　携家犹得住青城

010　从北平到青城山
018　上清寄居青城客
024　铁崖苍松彭椿仙
032　青城问道夜不归
040　夹江蜀笺大风纸
048　佛西青城访大千
056　幽幽青城山，长留师生情
066　黄君璧青城山上索石溪

077　第二章　看山还是故乡青

代序 梦到青城古洞前

自诩名山足此生,携家犹得住青城。
小儿捕蝶知宜画,中妇调琴与辩声。
食粟不谋腰脚健,酿梨长令肺肝清。
归来百事都堪慰,待挽天河洗甲兵。

——张大千《上清借居》

这是张大千在赠送给好友、著名篆刻家陈巨来的《青城山居易稿》上题写的一首诗,这首诗形象地描述了张大千一家在青城山平静的生活。1938年,张大千从北平辗转回到四川,携家上了青城山，居住在上清宫一座小院中。白天带学生们外出写生，孩子们放假后上山一边玩一边捉蝴蝶；到了晚上，或读书或画画。上清宫小院中，不时传出夫人弹琴吟唱的声音，生活安宁而快活。

正是在青城山宁静幽然的环境下，张大千的艺术创造力得到了极大的发挥，创作了数以千计的国画。青城山的隐居生活是张大千艺术人生中一段重要的经历，青城山是他终生怀念的地方，更是他晚年精神依恋的一个"家"。

张大千是我国著名画家，一生创作书画作品数以万计，无论是鸿篇巨制还是花鸟小品，其艺术水平都达到了近现代画坛的巅峰。他的泼墨泼彩技法，在同时代的画家中更是无人能出其右。张大千非凡的艺术成就使他成为我国近现代最具国际影响的艺术家之一，被徐悲鸿赞誉为"五百年来第一人"。

张大千一生的艺术经历大致可分为四个阶段。

第一阶段是青年时期，先是跟随其兄张善孖学习绘画，后师从曾熙、李瑞清二位大师学习书法、诗文、临摹。其后相继在苏州、南京、上海、北平居住，这一时期，张大千临摹了大量石涛、八大山人（朱耷）等名家的经典，创作了大量山水画和人物画。27岁第一次在上海举办个人画展，在画坛崭露头角。

第二个阶段是1938年张大千回到四川寄居青城山,潜心创作,直到1949年底离开大陆。这期间是张大千年富力强,创作精力最旺盛的时期,创作作品数量之多,用他的话来说,光是在青城山上创作的画"没有半万,也有一千多幅"。其创作的山水和人物画达到了一个新高峰。其间,他曾带领学生和子侄到甘肃敦煌临摹敦煌壁画,历时两年多,临摹壁画二百多件,为宣传和保护敦煌壁画作出了重大贡献。其临摹的敦煌壁画画卷之多、之精美,已成为我国艺术宝库中的珍品。

第三个阶段是张大千离开大陆后辗转到世界各地旅居,先后到阿根廷、巴西、美国等地,这期间张大千的艺术造诣达到了一个新的高峰,其独创的泼墨泼彩技法让艺术界为之震动。旅居海外期间,张大千挥毫泼墨,创作了大量作品,包括以青城山为题材的怀乡作品,并在世界各地举办画展,将东方艺术展现给西方读者。他用泼墨泼彩技法创作的巨幅《荷花图》和长卷《长江万里图》等鸿篇巨制,在国际上产生了巨大影响。张大千与毕加索的会面,成为震动东西方艺术界的大事件,其作品在国际上频繁亮相,让他成为当时中国最具国际影响的大画家。

第四个阶段是1976年张大千由美国返回中国台湾,在台湾居住的晚年时期。这段时间张大千虽然疾病缠身，尤其患有眼疾，但仍坚持作画，创作颇丰。1981年张大千开始创作的长达10.8米，宽1.8米的泼墨泼彩山水巨制《庐山图》，可说是用生命对他一生的艺术作了一个完美的总结。

关于张大千的艺术人生传记很多，文章更是数不胜数，但对张大千在青城山的艺术活动和生活情况记述很少，只有一些关于张大千的青城山画作的零星记述。究其原因，恐怕一是因为张大千为了潜心创作，躲避尘世的纷扰，有意减少和外界的交往；二是青城山上清宫山高林密，交通不便，历来就是名士的隐居之地，加之当时又没有电话等通信条件，是一个相对闭塞的环境；三是张大千在青城山是把夫人孩子都带上了山，把上清宫的小院当作了自己的家，当然不希望被人打扰。上清宫是道教宫观，内室是"闲人免进"的。因此，张大千在青城山寄居期间，犹如住进了一个"世外桃源"。

张大千在青城山的"青城寄居"岁月似乎成了他的隐逸历史。

笔者是土生土长的青城山人，世居青城山下太平场，小时候在青城山下的青城小学（原青城书院）就读，从小就在青城山上玩。年轻时断断续续听到过一些关于张大千在青城山的逸闻趣事，也无数次在上山游玩时看过张大千留在青城山上的碑刻，却没当一回事，也没有想到有一天会写张大千在青城山的故事。

退休后因爱好文学和历史，重新拿起笔来创作。在写散文《山水之间一座城》一书时，触动到了张大千在青城山的那段历史。张大千在青城山居住了那么久，画了那么多以青城山为题材的画，他对青城山的感情之深，怀念之切，远远超出了人们的想象。张大千爱青城山，爱他曾经居住过的上清宫小院，爱青城山的山山水水，以至在漂泊海外的几十年间，仍创作了大量以青城山为题材的国画，如《青城全景图》《青城老人村》等，其中不乏鸿篇巨制和传世精品。让人感到震惊的是，他在巴西八德园创作的长卷《长江万里图》，画卷的开头就是他居住的都江堰、青城山。那巍峨的丈人峰和山下晃悠悠的索桥，还有桥下奔腾的江水，青城山水，不知倾注了他多少的爱恋。

1962年，张大千在国外画了四幅通景山水巨屏《青城山通景屏》，以表达他对青城山的怀念。画成，意犹未尽，又在画上题诗："沫水犹然作乱流，味江难望蜀醪投。平生梦结青城宅，掷笔还羞与鬼谋。"一句"平生梦结青城宅"，道尽了他对青城山上清宫小院的无限眷恋。

本书的内容大致分为四个部分。

第一部分是张大千在青城山创作和生活的情况。张大千如何从日军占领下的北平回到四川？他为什么要上青城山？他在山上经历了哪些事情？他在山上创作时没有宣纸可用了，最后是如何解决的？他在山上结交了哪些人，这些人对他有何影响和帮助等。

第二部分是解读张大千以青城山为题材的画作背后相关的故事，如《魂牵老人村》《青城天师栗》等。张大千作画，喜欢在画上题诗或题款，或抒发情感，或说明作画的缘由，或记述画作的历史故事，寥寥数语，让观赏者能够方便找到理解这些画作的门径。笔者是青城山人，从小生活在这片山水之间，熟悉青城山的历史，从这些诗词和款识中，笔者发现和挖掘出一些画作背后的历史人文故事和张大千创作这些画作的经过，写下来以期帮助观赏者在欣赏张大千青城山画作的同时，感知张大千对青城山的那份爱恋之情。

第三部分是张大千离开青城山后，特别是离开大陆，漂泊海外，那种游子思乡，怀念青城山的情感，不时涌出笔端，出现在他的画卷和诗词中。张大千无论是旅居印度、阿根廷、巴西、美国，还是晚年到中国台湾居住，他都创作有大量以青城山为题材的画作和诗词，那些题在青城山画卷上的诗词和款识，饱含着画家浓浓的乡愁。旅居巴西时，他创作了《青城老人村》国画，并题诗："投荒乞食十年艰，旧梦青城不可攀。村上老人应已尽，含毫合泪记乡关。十载投荒愿力殚，故山归计尚漫漫。万里故乡频入梦，挂帆何日是归年。"再次把他的精神归宿寄托在万里之遥的青城山上。

第四部分是张大千及家人在青城山生活的趣闻记事。张大千在青城山上清宫生活了许多年，自然会有一些逸闻趣事。青城山下有个太平场，张大千时不时要带夫人和孩子们下山去赶场。时间长了，太平场的人都知道青城山来了一个"写家"——这是太平场的人对画家的昵称，熟悉的人则叫他"八先生"或"八老师"。在太平场，至今坊间还有关于张大千的龙门阵，如"三访陈画匠""白老鸹变黄老鸹"等。这些逸闻趣事不是凭空杜撰，都是实有其事，是作者依非虚构写作还原当时的场景，让读者看到一个离开画案后的张大千。

张大千在青城山工作生活期间，虽然他自喻为"青城寄居"，但他确确实实是把青城山当作了自己的家。在青城山的日子，是他一生中和几位夫人、孩子们在一起平静生活的幸福岁月，天伦之乐带给他无比的快乐，也带给他泉涌般的创作激情。1949年，张大千从成都离开大陆，从此和几位夫人及孩子们天各一方,这让他十分挂念留在大陆的亲人,怀念一家人在青城山生活的那段岁月。时间一长,思念家乡和亲人的心情随着年岁的增长而日益浓烈。

梦回青城山是张大千离开青城山后一生挥之不去的乡愁。

张大千带着学生在青城山写生时,不止一次地用"搜尽奇峰打草稿"来要求学生。可以这么说,他是这样要求学生的,也是这么做的。在青城山的几年岁月中,他布衣草帽,芒鞋竹杖,走遍了青城山的山山水水,将青城三十六峰、一百零八景尽入胸中,为他日后创作以青城山为题材的画作储备了取之不尽,用之不竭的素材,也为他寄托晚年精神归宿找到了一个根。他在《赠大陆友人青城泼墨山水》上题诗:"十年去国吾何说,万里还乡君且听。行遍欧西南北美,看山须看故乡青。"

青城山是张大千一生永远的乡梦。

第一章 携家犹得住青城

自诩名山足此生,携家犹得住青城。
小儿捕蝶知宜画,中妇调琴与辩声。
食粟不谋腰脚健,酿梨长令肺肝清。
归来百事都堪慰,待挽天河洗甲兵。

——《上清借居》

从北平到青城山

1937年7月7日,巨大的枪炮声震动了北平卢沟桥,也震动了张大千在颐和园听鹂馆的画案。偌大的北平城已经放不下一张平静的书桌,张大千的画案上又怎么能铺开一张平静的宣纸呢?当他的学生何海霞匆匆跑到颐和园来告诉他,北平城里已经插满了太阳旗时,他的心情顿时跌落到了低点。

枪炮声中,张大千再也安不下心来作画。

更让张大千糟心的是北平日伪政权的汉奸和日本占领军对他不断地进行威逼利诱,让他出任伪职,以粉饰日军占领下的北平。

张大千当时已是享誉中外的国画大家,不仅自己创作了

大量的国画作品,还收藏了许多石涛、八大山人等中国名家的古画。日本人想利用张大千的名望来为他们统治北平装点门面,千方百计想让他出任北平伪职。张大千向来厌恶官场,不愿意为官职所累,更何况是日伪政权下的伪职。

张大千在颐和园的目标太大了,为避管控,张大千一家搬到北平府右街罗贤胡同15号一个僻静的住处,闭门不出。

一天,一个叫汤尔和的熟人来到张大千的住所,先是满脸笑容地和他套近乎,对张大千的艺术才能进行了一番恭维,然后委婉地说了一些"中日友好"的话语,最后搬出了日军驻北平司令香月,说香月将军很仰慕张先生的才华,想和张先生交个朋友。还转述了香月将军的口信,希望张先生与日军合作,北平故宫博物院院长和北平艺专校长的职位可任由张先生选择。

须知,在北平乃至整个中国的艺术圈子中,故宫博物院院长和北平艺专校长的职位都是非常崇高和显赫的,担任这样的职位,既是艺术家成就的体现,也是艺术家的荣誉,更是许多艺术家终身追求的目标。

可这些都被太阳旗的阴影笼罩着,张大千能答应吗?当然不能答应!

张大千回答说，我不过是一个草根画匠，一介村夫，闲云野鹤，闲散惯了，做不来官，做不来官。

姓汤的碰了软钉子，仍不死心，说大名鼎鼎的北大教授都答应出来做事了，张先生也可以考虑考虑嘛。在当下，识时务者为俊杰。

张大千听了此话，知道此人已成汉奸，心中顿时厌恶。手一挥，吩咐学生送客。待姓汤的走出院子，张大千吐了一口唾沫：龟儿子狗汉奸，丢中国人的脸，呸！

他要离开北平，离开在太阳旗阴影下屈辱生活的环境；他要回四川，回到生他养他的故乡。这段时间，家乡四川的青城山在他的梦中已经反反复复多次出现。青城山位于川西灌县（今都江堰市）西南，群峰环绕，状如城郭，峡谷奇峰，流泉飞瀑，终年苍翠清幽，鸟语花香，享有"青城天下幽"的美誉。青城山又是道教全真龙门派圣地，山中宫观众多，为中国道教名山之一。

可放在北平友人家中的二十多箱作品和古画怎么才能平安运出北平呢？他知道北平日本驻军正"惦记"着他的那批画呢。香月亲自向张大千发出邀请，请他参加在北平举办的中国历史名画展，同时承诺将在颐和园专门设立展览馆，将张大千收藏的历史名画永久展出。

永久展出？司马昭之心，路人皆知。如若答应，这才是肉包子打狗——有去无回！张大千当然不能答应，但日本驻军司令部已放话给张大千：不要敬酒不吃吃罚酒。

那段时间，平时无一日不作画的张大千再也无心作画，急得像热锅上的蚂蚁，他要逃出北平。可是，以张大千的名气和他那把出众的大胡子，目标太明显，怎么躲得过日本宪兵的眼睛？况且，张大千早已经被日伪特务监视了。

无奈之下，张大千派夫人杨宛君到上海请来四哥张文修共商脱身之计。商量的结果是一边由张大千向日本驻军方面提出去上海的申请，说那批古画都保存在上海，如要举办画展，须张大千亲自到上海将画押运到北平，然后才能在北平举办画展；一边托一位德国友人帮忙，将存放在北平的二十多箱藏画偷偷运到上海。日本方面当然不会轻易放张大千离开北平，让他到上海，岂不是放虎归山？

或许是有意，也或许是无心，上海的坊间对张大千半年多没有露面出现了许多传闻，有报纸甚至发消息猜测张大千在北平被日本人谋害了。张大千的好友，篆刻家方介堪带来了上海方面登载有张大千遇害消息的报纸。张大千的学生胡若思等更是在上海法租界举办了一场"张大千遗作展",参观者众多。大家对名震华夏的张大千不明不白地死于日本人之手尤为愤怒,一时舆情汹汹,影响极大。

张大千读到这个消息,不觉哑然失笑。

正是这些消息,让日本北平驻军司令部感到了国际国内舆论的压力,他们派人来请张大千出面举办一次个人画展,以消除舆论压力。张大千感觉到这是一次逃离北平的好机会,就再次向北平日伪当局提出,因他的画在上海,由他独自一人到上海举办一次画展,以消除张大千被害的谣言。北平日伪当局迫于形势,只好同意,并提出要张大千在上海举办完画展后,将那批古画运到北平展览。张大千佯装答应。

1938年5月,张大千在四哥张文修、学生何海霞等的帮助下,逃离了日军占领下的北平。

张大千先到天津举办了一次画展,然后转道香港与夫人杨宛君会面,再经陆路到贵阳,与居住在贵阳的三哥张丽诚及几个子女会面,再由贵阳经重庆回到四川。据杨继仁先生撰写的《张大千传》中记述,从香港回川时,在走空路还是陆路的问题上,张大千和夫人发生了意见分歧。张大千主张坐飞机走空路回川,这样更快。而夫人认为坐飞机贵,并且在战

上清宫俯瞰图(罗晓红摄)

争时期，坐飞机不安全，何况要随行托运二十多箱古画。后来事实证明，夫人的意见是正确的。张大千原来准备搭乘的那架军用飞机在飞经桂林时就被日军飞机打下来了。真是惊险啊。如果真坐了那架飞机，不仅中国将失去"五百年来第一人"的旷世大画家，那些价值连城的古画也将从此消失，国宝级古画《韩熙载夜宴图》也不知道能否走进故宫。

张大千回川到重庆，和二哥张善孖举办了几场以"怒吼吧，中国！"为主题的抗日宣传画展。兄弟俩联袂举办画展宣传抗日，为抗战募款，在中国文艺界产生了极大的反响。

到了成都，张大千在老友严谷声家小住几日，安顿好家小，也不顾老友的再三挽留，便直奔青城山。

青城山张开胸怀，热情地迎接这位从烽火中走来的国画大师。青城山道长彭椿仙大师自从知道张大千要来青城山居住，早早地就在上清宫为他备下一处院子，洒扫庭除，以迎贵客。

也许连张大千自己都没有料到，他在青城山一住就是几年。他原想回川到青城山、峨眉山、剑阁等蜀中名胜各处走走看看，写生作画，可没想到上了青城山才发现，这里就是他的理想栖居之地，更是他创作的源泉。于是他便将一家老小,包括夫人、孩子,还有学生等近二十口人一起搬到青城山上清宫,开启他艺术人生的一个新阶段,成就他艺术创作上的一个新高峰。青城山也成了一个影响他一生创作的地方,即便他日后远走异国他乡,这里也是他梦中挥之不去的梦境,是他魂牵梦萦的地方。

于是在他的笔下便有了"自诩名山足此生,携家犹得住青城"的诗句。

上清寄居青城客

张大千自1938年秋到青城山，至1949年从成都离开，先后在青城山上清宫居住了四五年时间。在青城山居住期间，是张大千创作最勤奋也是作品最多的阶段，用他比较谦虚的话说："半万不敢说，一千多幅是有的。"这一千多幅画中，他钤印最多的是"上清寄居"和"青城客"两方印。

张大千为什么要把这两方印的印文定为"上清寄居"和"青城客"呢？

1938年秋，张大千回到四川，他把家小安顿在成都，上山之前并没有打算长住青城山。青城山住持彭椿仙大师专门为他准备了一个单独的小院，这座小院在青城山上清宫文武

殿旁边，环境清幽，居室雅致。道家对张大千的饮食起居照顾得十分周到。上清宫在青城山第一峰老霄顶之东，这里不光风光秀美，冬无严寒，夏无酷暑，朝观日出，晚看圣灯；登临其上，层峦拥翠，巉岩宿云，顿感天近云低，有如离尘绝世，是张大千梦寐以求的创作佳境。加之彭椿仙大师博学多才，得空与大师谈经论道，相谈甚欢。于是决定"携家犹得住青城"，长住上清宫。

一日，张大千行走在建福宫至天师洞的山林小径上，茂林修竹间，阳光透过苍翠的枝叶，星星点点地洒落在赭红色的石梯上。石梯蜿蜒曲折而上，渐渐隐没于青山绿水间。张大千拾级而上，所经之处林木环绕，满目青葱，流水淙淙，山花烂漫，鸟鸣花香中，仿佛走进仙境，让人有"只在此山中，云深不知处"之感。山中不时有薄雾飘来，云雾缭绕中，丈人峰时隐时现，如一幅徐徐展开的水墨画。

"自为青城客，不唾青城地。为爱丈人山，丹梯近幽意。"张大千青衫布履，手拄藤杖，沿石阶一步步攀行，一边走一边吟诵着杜甫的《丈人山》诗。他用藤杖拄着石梯说，当年杜工部从成都来青城山，自诩为青城客，我今仿照杜工部，也做一青城客。于是传书带信，嘱篆刻名家陈巨来和方介堪为其刻"上清寄居"和"青城客"印章。之后,这两方印章便频繁出现在张大千的青城画作中。

张大千一生刻制的印章之多,据统计有三千多方,但多而不滥,用印之精,钤印之规整,同时代的书画家无出其右者。张大千为什么会用这么多印章呢?据说张大千为防假冒,每隔四五年就要换一批印章。而"上清寄居"和"青城客"是张大千使用最多、保存最久的印章。张大千一生数以万计的画作中,大凡钤有"上清寄居"和"青城客"印的,十之八九是在青城山上创作的。

张大千的印章,除了自己刻制的,其他的大多出自名家之手,如齐白石、方介堪、陈巨来、顿立夫、王壮为等。张大千本人就是治印高手,一般的印章入不了他的法眼,他最喜欢的是陈巨来、方介堪刻制的印章。他们皆是与张大千同时代的篆刻名家,和张大千是至交好友。张大千在内地期间,所创作的画上钤印很多都是陈巨来和方介堪刻制的,有时同一印文张大千要请陈巨来和方介堪二人同时篆刻。陈、方二人一生为张大千篆刻了多少印章,连张大千也记不清楚了。

20世纪40年代,张大千要在上海举办画展,画运到上海后才发现,还有几十幅画没有钤印,这可把张大千急坏了,当

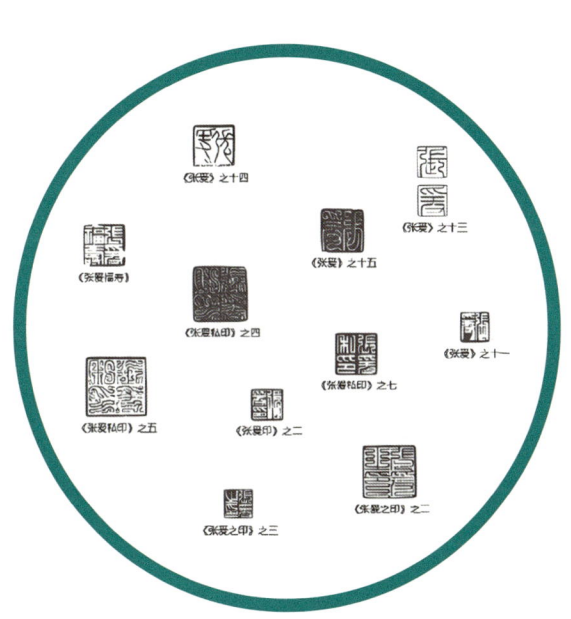

张大千印章（作者提供）

1939年,张大千与家人们在青城山上清宫合照(张大千长女张心瑞提供)

即联系陈巨来,嘱他务必在半月内赶刻六十方不同印文和款式的印章,以应急需。陈巨来二话没说,昼夜赶工,硬是在半月内赶出了六十方印章,解了张大千的燃眉之急。这批应急之作,件件都是精品,张大千见了非常高兴。这批印章后来收入张大千1977年编印的《安持精舍印谱》中。张大千为《安持精舍印谱》作序,称:巨来道兄治印,珠辉玉映如古美人,增之一分则太长,减之一分则太短,钦佩至极。并承诺,凡巨来兄索画,分文不取。由此可见张大千和陈巨来之间的深厚友谊。

张大千一家在青城山上清宫得到了彭椿仙大师及众道友的悉心帮助,"幽甲天下"的青城山又给了他丰富的创作灵感,感动之余,写了一首《上清借居》借以抒怀。

为了感谢陈巨来,张大千将此诗稍作修改,题为《青城山居易稿》,专门画了一扇面,将这首诗题写在扇面上赠送给陈巨来。陈巨来视若珍宝,一直珍藏在身边。

徐悲鸿赞誉张大千为"五百年来第一人",书画界称陈巨来为"近代元朱文第一人",两人均为艺术界之翘楚。张陈二人的金石之交、笔墨之情,堪称中国现代艺术史上一段佳话。

铁崖苍松彭椿仙

1938年,张大千从战乱中的北平逃出,辗转经香港、贵州、重庆回到四川,寄住在成都友人家中,12月上了青城山。

张大千回到四川,意在找一处清静的地方静下心来作画,然后举办画展,为到敦煌临摹壁画筹集资金。张大千熟知四川的风景名胜地,青城山自然就成了张大千的不二选择。青城山的住持彭椿仙听说张大千想到青城山来住一段时间,当即对前来联系的人表示非常欢迎,并着手为张大千准备地方。

临上山时,张大千又有些犹豫了。张大千知道青城山是中国道教的发祥地,是道教名山,号称道教第五洞天。而自己早年曾在松江禅定寺皈依佛门,大千这个法号就是禅定寺逸琳法师取的,"大千居士"的名号一直使用到现在。他知道民间有"道士不入佛门,和尚不进道观"的讲究,自己虽不曾受戒,且已还俗,但自己一直就以居士自称,如若青城山上的道众心生嫌隙,如何是好?峨眉山倒是佛教圣地,但离成都太远,交通不便,且山间庙宇相距太远,从山下报国寺到金顶,百多里山道崎岖险峻,往来十分不便。一大家子人,不光生活不便,要是有个头疼脑热的,寻医问药也是一件难事。思来想去,他决定先把家眷安置在成都友人家中,自己先带三夫人杨宛君和几个学生上山去看看。

听说张大千要上山了,彭椿仙早早地就在上清宫给张大千准备了一个小院,并安排上清宫道长冯南瑄带领道众洒扫庭院,以迎贵客。张大千一行到达青城山时,彭椿仙到天师洞山门前面的"迎仙桥"迎接。未进山门先一笑,满山和风暖心扉。那一刻,张大千心中疑虑顿时消失了大半。

彭椿仙给张大千准备的是上清宫文武殿旁边的一处独立小院,有十余间房子,宽敞的堂屋正好作画室,厨房、寝室一应俱全,院中花木扶疏,清静又雅致。张大千和夫人看了十分满意,连连向彭椿仙表示感谢。

彭椿仙又给张大千介绍了冯南瑄、易心莹等道友,并安排了专人照顾张大千的饮食起居。张大千在山上住了几天,和彭椿仙摆了几次龙门阵,感到彭椿仙不仅知识渊博,品德高尚,且对释道两个宗教有着不一般的见解。彭椿仙认为"佛道同源",佛家讲究慈悲为怀,普度众生;道家提倡天人合一,道法自然,作为修行之人,应该佛道兼修。一席话让张大千感到浑身轻松。彭椿仙和青城山众道友对张大千工作和生活上无微不至的关心和照顾,让张大千十分感动,当即决定把几位夫人和孩子们接上山来,在青城山安顿下来。

张大千在青城山生活了几年,和彭椿仙结下了深厚的友谊。

彭椿仙本名至周,贵州毕节人,生于1883年,年轻时出家到灌县(今都江堰市)青城山当了道士。民国初年,政府"禁庙兴学",有着近两千年历史的道教祖庭青城山面临着没落的危险。1906年,四川布政使兼劝业道周善培提倡栽桑养蚕,特在其创办的四川省农政学堂蚕桑科设立方外班,规定凡就学之和尚、道士,其寺庙宫观可保留作栽桑基地。在这样的情势下,彭椿仙为了保住青城山宫观庙产,去成都农政学堂学习栽桑养蚕技术。三年学成后回到青城山,遂带领道众栽桑养蚕、种茶植树。今青城山古常道观山门道旁的许多参天大树,就是当年彭椿仙带领道众所栽。1919年,四川省省长杨庶堪为表彰彭椿仙的道行和栽桑种茶植树的业绩，特书"道在养生"匾额，刻石立于天师洞（常道观）。

彭椿仙在任天师洞住持时，青城山宫观因战乱和长期失修，许多地方都已颓败，特别是天师洞——它是青城山中最核心的一座宫观，天师道创始人张道陵的洞府就在这里。天师洞因年久失修，许多建筑都已坍塌，彭椿仙发下宏愿，立志不仅要重修天师洞，还要修葺山上各处宫观，复兴青城山道场。从1919年至1941年，彭椿仙日夜苦心经营，重修了天师洞三清大殿，修建了西廊、补茸楼、斋堂、饮霞山房、银杏阁、灵祖殿、黄帝殿、青龙殿、白虎殿及山门，整修了天师洞内的石阶石壁、海漫石栏，以及东客堂、长啸楼、祖堂、迎曦楼等。

在长达二十余年的修建中，让人感到十分震惊的是，在观中资金十分缺乏的情况下，彭椿仙也没有向外界伸手。有人建议向社会募缘集资，彭椿仙坚决反对，力主自力更生。他说："我们出家人，若依赖外人出资修建宫观，他日人来观中，则不敢怠慢，使吾徒皆为彼子孙奴役，不如出我道友私蓄，集腋成裘，也是我们以观为家的宗旨。"道友们深感大师言辞恳切，于是纷纷捐出个人积蓄，以供工程建设之需。为了节约工程建设费用，彭椿仙亲率道众和工匠去数十里外的丈人山采运石条、采伐木材。在长达二十余年的青城山宫观修葺中，他事必躬亲，精打细算，呕心沥血。

天师洞修建竣工后，彭椿仙令人在山门旁边立碑刻石，上书：本洞并无道众在外募化。此举为青城山道教宫观树立了自力更生、勤俭建观的好风气。

张大千上青城山时，天师洞正在进行紧张的收尾工程。张大千听易心莹介绍了彭椿仙二十余年矢志不渝，自力更生修建青城山宫观，重振青城山道场的事迹，十分感慨。尤其是看到彭椿仙作为青城山德高望重的住持，平常还穿着打补丁的道袍，更是感动。他向彭椿仙提出，要为青城山修建出一份力。彭椿仙说，先生能舍都市繁华而居我道观，是我青城山之荣耀。先生若有心为青城山尽一份心意，栽上一棵树即可。如果每个上山的人都能为青城山植上一棵树，天下幽的青城山将会更幽。

张大千记住了彭椿仙的话，但凡有空，便带领夫人和学生到山上植树。

此前青城山因战乱等各种原因，不仅宫观破损，山林也疏于管理，山上林木被盗伐严重。彭椿仙在建设山中宫观

椿仙行道途中亭子（罗晓红摄）

时，不仅身体力行带领道众植树造林，数十年如一日呼吁热爱青城山的游人和信众为青城山栽上一棵树，而且与慕名来访者约定：欲访椿仙者，须在山道旁植树一株。响应者众。经年累月，从进山门起，山道两边已栽种了数不清的楠木、柏树、杉树等常青林木，郁郁葱葱，葳蕤苍翠，尽显昔日幽境，游人亲切地称之为"椿仙行道"。

今天的青城山幽甲天下，彭椿仙厥功至伟。

彭椿仙为修建青城山宫观殚精竭虑，积劳成疾，病倒了。1940年，张大千赴敦煌的准备工作已就绪，他前往天师洞看望彭椿仙。张大千见到以前长髯飘飘、仙风道骨的彭椿仙，一下子病得形销骨立，想到他的高洁风范和对自己无微不至的关照，心中顿时有说不出的难受。他有一种预感，此去敦煌，一别经年，说不定就是永别。回到画室，立刻提笔画了一幅《铁崖苍松图》赠送给彭椿仙，图上题诗："苍岩铁削藏青葱，坚贞不受暴秦封。浩浩飒飒来天风，只恐旦夕成飞龙，骑龙顾盼君何雄！"并跋："倭据故都之明年，予始得间关还蜀，来居青城，初识彭真人椿仙，岁月不居，忽二三年，顷将北出嘉峪礼佛敦煌，写此为别……"

这幅画形象地描绘出了张大千心目中彭椿仙的精神风貌。

张大千在敦煌期间,得知彭椿仙于1942年春在青城山仙逝,悲伤不已。1943年,张大千由敦煌返川,再上青城山,他记住彭椿仙说过的话,特地带了几十株梅树,率夫人、学生和孩子们到上清宫附近,亲手种下一片梅林,修建一座梅亭。

张大千虽然离开了青城山,可那片梅花依然年年盛开,馨香如故。

· 传奇人生
· 执笔东方
· 艺术影集

青城问道夜不归

张大千上了青城山,很快就爱上了这山、这水、这小院,未几,索性将家眷接上山来,改短住为长住。

这下子张大千在上清宫的"上清寄居"小院可热闹了。

随之上山的有三位夫人,大夫人曾正蓉、二夫人黄凝素、三夫人杨宛君,随夫人们上山的还有心智、心瑞、心庆等五六个孩子,加上龙国屏、胡立等几个学生,还有勤杂人员等,每餐开饭都要摆两桌。如遇旧友新朋来访,还要另外加桌。

俗话说"三个女人一台戏",张大千的三位夫人由于各自生长环境不同,生活经历不同,性格各异,时间长了,难免有磕磕碰碰的时候。对张大千而言,虽然他也想各方面都照顾

到,但也有顾此失彼的时候。

大夫人曾正蓉是由张大千的母亲做主定的亲,两人是典型的包办婚姻,结婚时双方并无感情基础,但张大千孝顺母亲,自然没有反对。曾正蓉是母亲曾氏家族里的一个女子,性格温柔和善,结婚后对张大千百依百顺,生下一个孩子后,全身心照顾孩子,与张大千无太多共同语言。

二夫人黄凝素也是内江人,容貌清秀,身材苗条,精明干练,且很聪明,并略懂一些画艺,所以较长一段时间还是很得张大千欢心的。黄凝素性格开朗,爱说爱笑爱玩,喜欢在家人面前叽叽喳喳。黄凝素一生为张大千生了十一个孩子,渐渐人老珠黄,并且有打麻将的嗜好,这让张大千很生气。张大千一生不喝酒,不抽烟,不赌博,尤其讨厌赌博恶习,因此对黄凝素玩牌多有指责,为此,两人经常拌嘴,感情日渐疏远。

三夫人杨宛君是张大千1935年夏在北京中山公园举办个人画展时认识的。杨宛君是曲艺演员,张大千对她一见钟情,杨宛君也十分钦佩张大千的才华,见他美髯拂胸,谈吐文雅,双目有神,爱慕之情油然而生。两人结婚后,杨宛君便放弃了自己的曲艺事业,陪伴张大千左右,在张大千身边照顾他的工作和生活,甚至张大千到敦煌临摹壁画,杨宛君都不顾西北大漠的艰苦生活，一直随侍在张大千左右。

　　人非圣贤，生活总免不了柴米油盐的纷扰，何况是三个女人在一个屋檐下生活。因为要赶着筹备画展，为赴甘肃敦煌临摹壁画筹措经费，张大千日夜不停地赶画，对三位夫人和孩子们多有疏忽。心急便气躁，这天便在小院中和几位夫人发生了争吵。一气之下，张大千摔门而出。三位夫人以为张大千和以往一样，生气了就跑出门去，到山林中转转，看看风景，听听鸟鸣，吐一口胸中的闷气，过一两个小时消气了，就会回来。偶尔还会折几枝野花，扯几棵野菜，问大伙知不知道这叫什么。不时还要逗着几个小孩玩玩，"烟消云散"之后，又伏到画案上继续挥毫泼墨。

　　可是这天直到吃晚饭时还不见张大千身影，三位夫人开始有点着急了。看来这次他是真生气了。

　　天黑了。夜晚的上清宫格外的清寂，大殿中木鱼的敲击声和山林中不时传来的知更鸟的叫声与山涧中"梆梆鱼"的梆梆声交织在一起，让人感到有些不安。

　　在焦急的等待中，三位夫人终于坐不住了。她们找到张大千的好朋友，毗邻而居的易君左夫妇，把情况告诉他们，请他们帮忙想办法。易君左夫妇听了忙安慰三位夫人，叫她们不要着急。萧建初等几个学生见老师天黑了仍未回来，担心老师会不会出什么事，也立刻把这个情况告诉了彭椿仙大师和冯南瑄道长。大伙一商量，觉得事情不妙，当即把上清宫、天师洞中年轻的道士叫起来，由熟悉山况的冯道长和易道长带着三位夫人和先生的学生们，分成两队上山寻找。

"八先生，您在哪里？"

"张大千，您在哪里？听到答应一声！"

"老师，您在哪里？快回来！"

……

一时间，青城山上清宫和天师洞附近的山林中呼声四起，电筒、火把游动在山道上，惊起了早已栖息的鸦雀扑喇喇地乱飞。青城山千峰万壑，洞幽涧深，偌大的地方，到哪里去找呢？

拂晓时分，人们才在天师洞附近的一个山洞中找到了张大千。此刻，他正盘腿坐在洞中一块岩石上，面壁而坐，闭目"修炼"。

众人顿时由焦急不安变为欣喜若狂。

"八哥，你在做啥子？"三位夫人抽泣着前去搀扶张大千。

谁知张大千睁开眼睛，镇定而悠闲地问道："你们做啥子这样大惊小怪？我不过在这儿参禅打坐一会儿。你们没感觉

张天师降魔处（罗晓红摄）

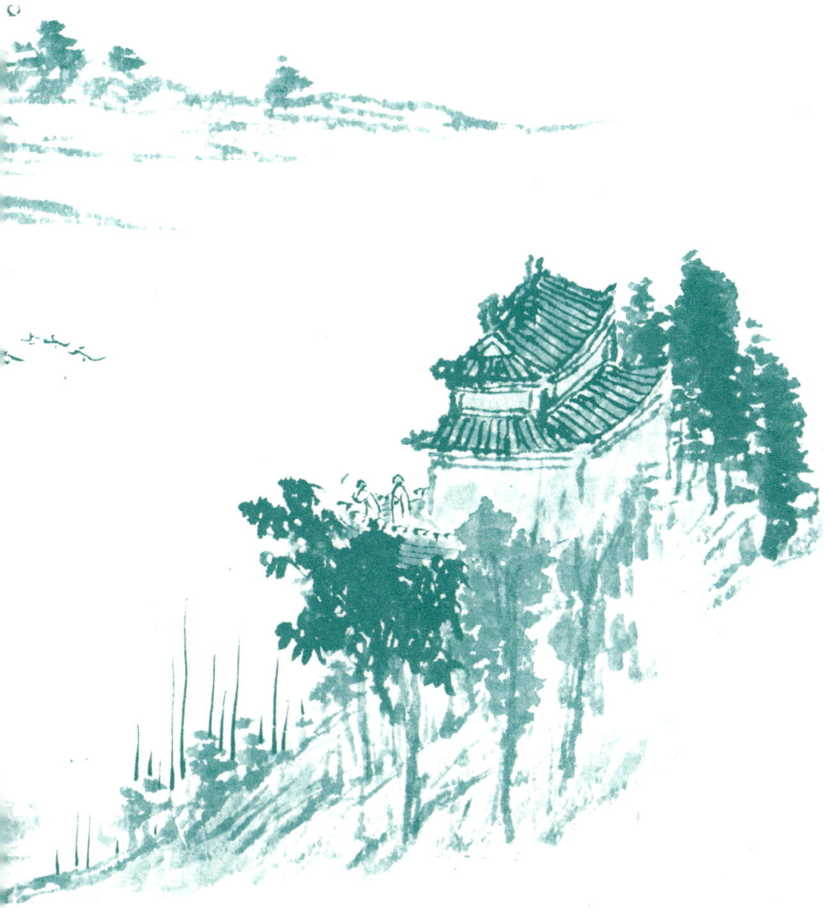

到,这青城山的气场好强大哦。"

张大千故作淡定的样子,让众人哭笑不得。

"好啦好啦,找到八先生就放心了。"冯道长举着火把对大伙说,"咱们赶快把八先生送回去吧。"张大千还赖着不想离开这山洞,几个学生不由分说便将他抬出洞口。

那一夜,张大千在洞中究竟想了些什么,别人无从知道,他也没对人讲。也许,他在想他的母亲,想他的二哥,是母亲和二哥带他走上了绘画艺术这条路;也许,他在回顾他这半生走过的艺术创作之路,今后应该怎么走;也许,他在洞中感受到了青城山强大的气场,感悟到了道教带给他的"道法自然"的哲理;此后,"天人合一,道法自然"的道教思想一直影响着张大千,秉承"师古,更要师自然"的绘画艺术理论,并一直实践着。那一个夜晚,无论他是否想过这些,有一点可以肯定的是,他在洞中这么长时间,一定想到了他即将西去敦煌的艰苦和困难,只有想到了在茫茫大漠中完成临摹敦煌壁画的壮举,他才会显得那么镇定和从容不迫。

找到了张大千,大家也顾不上埋怨,连忙找来一顶滑竿把张大千抬回了上清宫。

上清宫的小院中又有了欢声笑语。

为感谢上清宫道长冯南瑄那晚的救助和平日的殷勤接待,张大千作《墨荷图》一幅赠送给冯道长,并题诗:玉骨文肌旷世妍,野风零乱堕愁烟。若教悟得些生理,应笑岁舟华顶迁。

张大千夜宿山洞这件事后来在艺术圈子内传为趣谈,有要好的朋友相聚时,偶尔还要打趣他几句,把张大千的洞中一夜称为"青城问道"。张大千一生创作了那么多以青城山为题材的优秀画作,一辈子"梦结青城",是不是和那晚的青城问道有关呢?

夹江蜀笺大风纸

张大千到了青城山，安顿好夫人和孩子们，立刻满怀激情地投入书画创作中。青城山的美景让张大千的创作激情像长江之水冲出夔门，奔涌而出，滔滔不绝。他每天不是在山中写生就是在上清宫画室中挥毫作画。在青城山居住期间，正是张大千年富力强、精力最旺、笔墨最勤、创作最丰的阶段，每天的用纸量很大。很快，他带上山的宣纸就所剩无几了。

张大千当即派人下山去采购宣纸。

张大千画画，对文房四宝的要求是很高的，一如他对画作的要求，必须是一流的。张大千用的"大千书画笔"是在上海找人定制的；著名的"师万物"画笔，是他委托北平琉璃厂定做的。据张大千的亲友回忆，他定制过一支牛耳毛画笔，价格高达十多两黄金。所用砚台，最喜欢的是古砚。他曾经得到一方清廷重臣端方收藏的古砚，爱不释手，一直珍藏。平常最喜欢用的是广东肇庆府所产的端砚。墨用的是安徽歙县定制的徽墨。张大千定制徽墨，不喜欢传统的方形或圆形，而是要求制作成宝塔、月牙等异形，并贮藏于铺着白色绸缎和红色丝绒的楠木匣中。张大千说，这样的墨和盛装形式，让他研墨时，一打开匣盒便有一种创作的冲动。

张大千用纸更为讲究，最喜欢用的是安徽泾县的宣纸。安徽泾县的宣纸有易于保存、经久不脆、不会褪色等特点，故有"纸中之王，千年寿纸"之美誉。当然，"清秘阁"定制宣纸和明清宫廷的御用宣纸是宣纸中的珍宝，可遇而不可求，偶尔得之，非创作精品不用。

张大千派出去采购宣纸的学生带回来一个不好的消息，安徽泾县已被日军占领，交通中断，成都市场上宣纸告罄。画家没有了纸，就等于士兵没有了枪弹。怎么办呢？这让正陶醉在青城山美景中，心中创作激情澎湃的张大千顿时陷入困顿之中。

张大千也曾到青城后山何家纸厂、崇州三郎镇纸厂等当地纸厂探寻可替代宣纸的纸，但都因造纸工艺过于简陋而无法生产出能供他绘画的纸。万般无奈之下，张大千亲自到成都找到老朋友，"诗婢家"装裱店的老板郑伯英。

郑伯英先生的"诗婢家"以"愿作书画侍、甘为文化婢"的精神经营装裱店，在成都为众多著名书画家和文化人所推崇，张大千有许多精品画作都送到"诗婢家"进行装裱。张大千、于右任、齐白石、赵熙、沈鹏等书画大家都曾为"诗婢家"题笺作画，关系很好。张大千知道郑伯英与各路人士多有交往，找到他看能不能想办法搞到徽宣。郑伯英告诉张大千，安徽泾县沦陷后，交通中断，货物断流，在成都、重庆，别说宣纸，就是一般用纸也格外紧张。徽宣在成都是一纸难求，根本无货。郑伯英见张大千一脸沮丧的样子，忙告诉他，离成都不远的夹江县产宣纸，其名声虽不及徽宣，但夹江宣纸历史悠久，起于唐，继于宋，兴于明，盛于清。《嘉定府志》有这样的记载："今（清同治）郡属夹江产纸，川中半资其用……"由此可见，夹江纸在清代同治年间已具备相当规模。自唐代以来，夹江即享有"蜀纸之乡"的美称。早在清代康熙年间，夹江手工纸便成为上贡朝廷的贡纸。乾隆年间，夹江纸更成为上贡朝廷的考场专用文闱卷纸。郑伯英劝张大千不

妨到夹江走一趟,看看夹江宣纸可否一用。

张大千听郑伯英一说,打开了思路。1939年冬,张大千的同乡好友、著名书画家晏济元到访青城山,在摆龙门阵时也谈到眼下缺书画纸的困境,两人便商量着一道去夹江县寻找夹江宣纸。

两岸青山相对出,一江碧水自中流。

夹江县就坐落在穿山而过的青衣江边,掩映在漫山遍野的翠竹之中。夹江县旧属四川嘉州(今四川乐山市),民间很早就有一句口头禅:乐山一座佛,夹江一张纸。佛,指的是乐山大佛;纸,指的是夹江竹纸。

张大千和晏济元来到夹江县马村乡石堰山中,找到造纸大槽户石子清。其时石子清已经去世,作坊由石子清的儿子石国良在掌脉。张大千和晏济元向石国良说明了来意。石国良见是大名鼎鼎的张大千要买他的书画纸,自然十分高兴,连忙搬出自己生产的最好的书画纸给张大千看,并介绍了这种书画纸的生产工艺。张大千一试笔,感觉这种被称为"夹江宣"的书画纸的纸质地还算绵韧,但抗水性差,受墨和浸润性也不甚佳,达不到理想的绘画效果,和徽宣纸相比还有较大差距。

怎么办呢？不用吧，青城山上清宫画室马上就要陷入无纸可用的窘境；用吧，这根本达不到张大千作画的要求。张大千和晏济元一道请石子清作坊的大师傅们一起商量，看看能否对现有的书画纸生产工艺进行改进，以生产出符合张大千绘画标准的书画纸。

石子清作坊当时在夹江是有名的大槽户，造纸历史长，技艺娴熟，纸张品种多，产销量大。石子清作坊的师傅们按照传统工艺生产夹江书画纸几十年了，对自己的手艺相当自信，听说要改进现有的生产工艺，起初还有点抵触。张大千和晏济元索性用带来的徽宣和石子清作坊生产的夹宣当场作画比较，让石国良和作坊的大师傅们看到了差距。于是石国良和作坊的大师傅们按照张大千和晏济元二位先生的要求进行工艺改进，很快试制出第一批书画纸。张大千试笔后，感觉抗水性和洁白度果然比原先好多了，但美中不足的是这种纸抗拉力不强，承受不了重笔。

这期间，张大千索性从上清宫带着文房四宝，二次前往夹江石堰山中，住在石子清作坊，守着造纸。张大千住在石子清的造纸作坊中，蹲窖池，看沤竹，捶竹料，上篁锅，辨帘纹，捣石臼，上纸榨，刷纸，切边角。张大千发现，当时的夹江连四纸，全部用纯竹料制作，拉力不够，绵韧性稍差，抗水性不强。张大千便和造纸师傅商量，改革原材料搭配，在竹料中加入棉、麻纤维，以增强纸的拉力；在纸浆中配入一定比例的白矾、松香等物，以增强纸张的抗水性和洁白度。经过反复试制，终于造出了符合张大千需要的书画专用纸。新纸洁白如雪，柔软似绵，张大千一经试笔，便感到得心应手，其效果不亚于徽宣，心中欣喜不已。张大千对新夹江宣纸偏爱有加，便亲自设计纸帘、纸样，并将这种纸命名为"大风纸"。经过反复试制、试写、试画，可以媲美安徽宣纸的新一代夹江书画纸便问世了。张大千根据自己绘画的需要，亲自将这种纸张的规格调整为4尺×2尺和5尺×2.5尺。为防假冒，张大千特地将"大风纸"帘纹尺寸设计为比普通宣纸略宽，在纸的两端做有荷叶花边，暗花纹为云纹，纸的两端四寸偏内处，各有"蜀笺"和"大风堂造"的暗印。

新一代夹江书画纸问世后，张大千一次就向石子清作坊定制了200刀专用大风纸，每刀96张，总共近两万张。新的夹江书画纸经徐悲鸿、傅抱石等书画大家试用，都一致称好。夹江宣纸从此名声大噪。

张大千用这种夹江生产的有"蜀笺"标记的大风纸在青

城山上创作了大量的作品，据张大千学生肖建初、胡立等估计，张大千在青城山创作至少有一千多幅画，成为他艺术创作中的一个高峰。后张大千又带着大风纸到甘肃敦煌，对敦煌壁画进行了大规模的临摹工作。经过两年多的辛苦劳作，共临摹敦煌壁画作品两百多件。这批艺术品先后在成都、重庆、兰州等地展出，轰动一时。张大千用他的神笔及夹江大风纸，再现了敦煌壁画，不仅让人们认识了敦煌壁画，更让人们认识了夹江书画纸的魅力。

张大千对夹江竹纸的工艺改进做了两大贡献，一是在纯竹料纸浆里加入棉、麻纤维，以提高纸张的拉力和韧性；二是改变传统的天然漂白法，配入一定比例的白矾、松香等物，以增加纸面的洁白度。改良后的夹江书画纸具有"肌细、油嫩、绵韧、洁白、做手"五大特色，书画界谓之五皮齐。经过改进后的夹江书画纸拉力增强，可承重笔，洁白细腻，浸润性好，书画皆宜，自然也成了许多书画家的挚爱。新的夹江书画纸一炮而红，风行抗战大后方书画界，与安徽宣纸齐名。张大千赞曰："徽宣夹宣，国之二宝。"

1979年，居住在台湾摩耶精舍新居的张大千已是八十一岁高龄，某天突然想起当年到夹江石子清作坊制作夹江宣纸的事，突然来了兴致，翻箱倒柜取出他珍藏了四十年的夹江

"大风纸",挥毫泼墨,创作了一幅《墨荷图》。画成,犹觉余兴未尽,又提笔在画上题诗一首:"露湿波澄夜寂寥,冰肌祛暑未全消。香明水殿冷冷月,翠里殷勤手自摇。"最后还特意在画上注明:"此大风堂四十年前所制宽纹纸也,大有宋楮风韵,不可多得矣。"寥寥数语,表达了张大千对夹江"大风纸"(画款中所指宽纹纸即大风纸)的珍爱和眷恋之情。

1980年,张大千眼疾已经很严重了,但仍然在病中坚持作画。想起青城山中的飞泉瀑布,灵感突至,找出仅剩的几张"大风纸",挥笔画下《飞泉图》一幅,并在画上题诗一首:"飞泉摇碧吟清弄,寒色凝空云脚雾。眼前便有千里思,蜀笺一幅乡山梦。"题识:箧中检得旧制蜀中竹纸写此,老眼昏眊,便欲似垢道人矣。一句"眼前便有千里思,蜀笺一幅乡山梦"道尽了张大千晚年绵绵不尽的乡愁。

为了纪念张大千对夹江书画纸制作工艺的贡献,石子清的后人将石家造纸作坊改名为"大千纸坊"。张大千的大弟子著名书画家何海霞为大千纸坊题写门匾;作坊悬挂一副对联:大千气象一张纸,十里画廊半壑松。为了纪念张大千对夹江书画纸的贡献,1994年夹江县政府将该纸命名为"大千书画纸",将张大千寓居过的马村乡石埝村石家造纸作坊命名为"大千纸坊",作为展示中华传统造纸工艺的一个窗口。

佛西青城访大千

1939年4月1日,张大千正在青城山上清宫画室作画,一张大红的请柬摆到了他的案头。请柬是四川省都江堰清明放水节筹委会送来的。张大千瞟了请柬一眼,顺手将其扔在画案下面的抽屉中。一个学生小心地问道:"八老师,这可是省上送来的请柬,你不去参加?"张大千说:"放水盛典我当然想去看看,可清明节那天肯定有不少官员参加,我哪有那闲工夫和那些官僚应酬,不去也罢。"学生不再开腔了,他知道老师的脾气,再说,怕是要挨老师一通训斥。

位于成都平原西部的都江堰,是我国古老的水利工程,是伟大的治水先驱李冰父子在两千多年前主持修建的。都江堰修筑后，成都平原从此"水旱从人，不知饥馑"，成了四川最重要的粮仓，四川也因此成了天府之国。自宋代以来，都江堰每年在农历的清明节这天举行隆重的放水大典，砍杩槎放水，川西平原就此开始春耕生产。放水大典的另一个重要内容就是祈祷当年风调雨顺，农业丰收。关系到国计民生，历来四川省的主政者都非常重视，都要亲自参加并主持放水大典仪式。

1939年，正是抗战最艰苦的时期，作为抗战大后方的四川，不仅要为抗战输送兵源军费，更要保证为前方提供粮食。而都江堰水利工程能否为川西平原的农业生产提供充足的水源，将是确保四川为抗战提供充足粮饷的关键。所以这天四川的大小官员都要来参加放水大典。

张大千知道都江堰清明放水节可不是一般的民俗活动，省上和市上的许多官员都要来参加，只是他素来不愿意也不擅长应酬官员们，所以他不想参加。但是张大千是爱都江堰的，这从他此后创作的国画巨制《长江万里图》，开篇就将都江堰列为长江之首就可以看出他对都江堰的重视和热爱。

1939年4月6日清明节，一年一度的都江堰放水节如期举行。除了省市官员外，许多因战乱而迁徙到成都的著名人士

《古堰开水图》（张宗品）

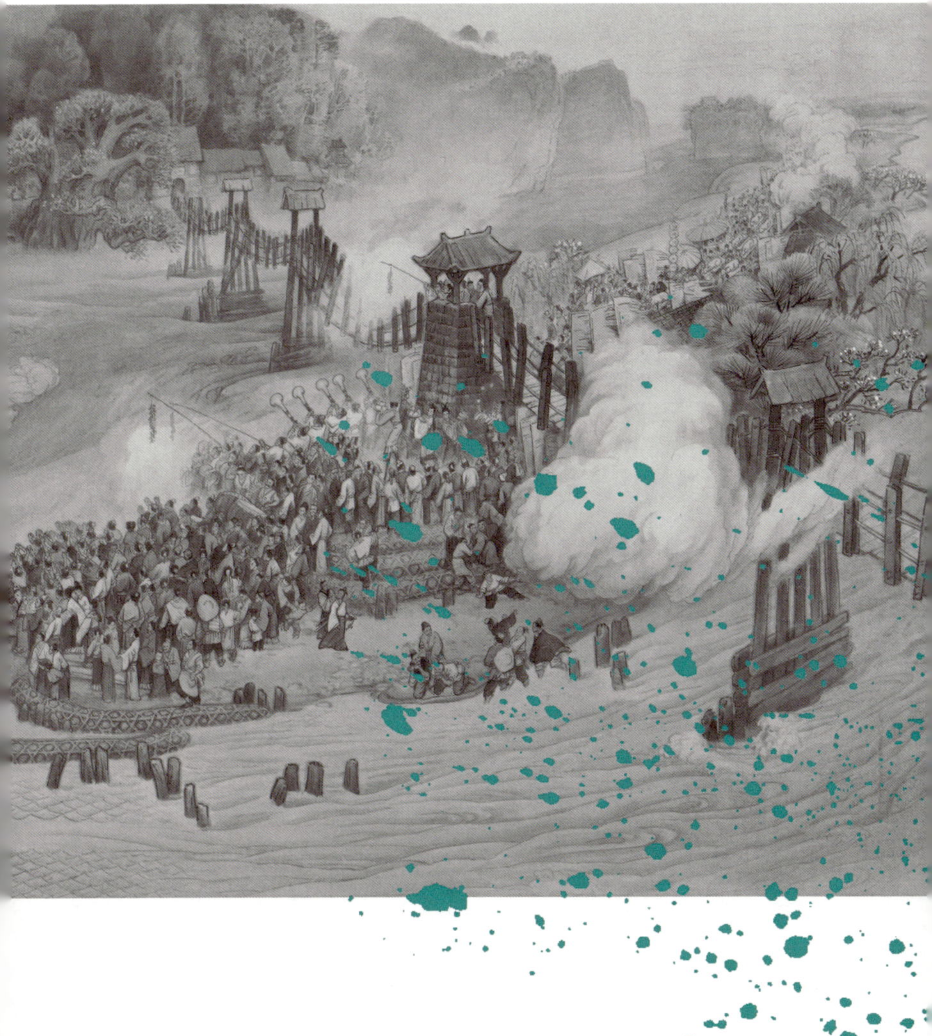

应邀参加放水典礼，其中包括著名戏剧家、现代戏剧的奠基人熊佛西。

熊佛西在放水节上遇到了刚从青城山下来的著名作家萧军，交谈中得知张大千就住青城山上，喜不自禁地说，这老兄隐藏得可深呀，这下终于找到他了。第二天就和朋友张明波一同上青城山去会晤老友。

张大千得知老友熊佛西要上山来，非常高兴，早早地就在上清宫山门迎候。一见到熊佛西，便紧紧地拉住熊佛西的手，将熊佛西迎进他的画室。

熊佛西和张大千早年相识于北京，二人相交甚笃，因为同是文化名人，都受到日本占领军的威逼利诱，但两人均想方设法逃出了日本人的魔爪。但此后二人便失去了联系，如今居然在青城山相见，怎能不高兴。张大千告诉熊佛西自己如何从日本人控制的北平逃出来，辗转到香港，经贵州然后入川，最后落脚青城山上清宫，并向熊佛西展示了自己最近在青城山创作的几幅山水画。熊佛西也向张大千介绍了自己化装只身逃离北平的经过，并告诉张大千，自己在长沙组织了一个抗战剧团，进行抗战宣传演出。现已将抗战剧团迁到成都，并在抗战剧团的基础上组建了四川省立戏剧教育实验学校。

两个老友一边喝着青城毛峰茶,一边分享劫后余生的感受。

熊佛西问张大千:"都江堰清明放水节盛典,听说大千兄也是被邀请的嘉宾,为啥没去参加呢?"

张大千正不知如何回答,一旁的易君左打趣说:"大千兄没有西服,只有长衫,不好去啊。"

易君左说话一向口无遮拦,爱开玩笑。不料张大千听了脸色一沉,说:"穿长衫咋啦!母亲家训,不敢有违,我就终身穿这中式长衫。"

"玩笑,玩笑。"熊佛西见张大千有些生气,忙打圆场。

其实易君左和张大千是非常好的朋友,在青城山上清宫,易君左一家和张大千一家毗邻而居,两家常来常往。张大千一生说中国话,吃中国菜,穿中式衣服,即便是日后在海外居住,也常年布履长衫,终身不改。虽然他知道易君左说他没有西服是句玩笑话,但是那一刻他确实有点生气了。

在谈到今后的打算时,张大千告诉熊佛西,他之所以选择到青城山居住,就是想寻一块清静之地,抓紧时间多画点画,多举办几场画展,为去敦煌临摹敦煌壁画筹措经费。

张大千早在上海拜师学艺时,就从恩师李瑞清、曾农髯那里听过敦煌石窟壁画艺术的精美,后又在上海、北平、南京等地见过零散的敦煌壁画的画图,便开始对敦煌壁画产生了浓厚的兴趣。在来青城山之前,张大千从老友严敬斋、马文严等人处多次听闻敦煌石窟艺术的伟大和辉煌,便在心中酝酿了一个庞大的计划,要去敦煌临摹敦煌壁画,将敦煌石窟中的艺术瑰宝介绍给世界。由于去敦煌临摹壁画需要一笔很大的开支,张大千知道现在是抗战的非常时期,政府经费紧张,何况他也不想求助政府,因此便在青城山没日没夜地赶画。

龙门阵摆到这里,熊佛西告诉张大千,有人知道张大千想去敦煌临摹壁画,缺钱,想赞助他。张大千一听,先是高兴,转眼一想,天上不会掉馅饼,便笑着说:"化侬兄,说是赞助,怕是盯着我的画吧。"熊佛西一愣:"我还没说,你怎么就知道了呢?"原来早就有人找过张大千,说愿意承担他去敦煌的全部费用,条件是对张大千这一段时间内创作的画有优先购买的权利。张大千有些气愤地对熊佛西说:"有几个臭钱就想用钱把我包下来,我张大千是谁,我才不吃这一套呢!我搞画展卖画,明码实价,公平合理,人人都可以买,谁也不从属于谁。我一次两次画展凑不足费用,我就再来三次四次,直到凑足经费为止。"

熊佛西没想到张大千对"赞助"这么生气,便劝慰他说:"不急,成都、重庆的朋友那么多,喜欢你的画的人也多,相信用不了多久,你的敦煌之行一定能成功。"

熊佛西作别张大千回到成都后,利用他在文化艺术界和新闻界的影响力,不遗余力地为张大千的画展宣传。张大千后来在回忆去敦煌的这段经历时,感谢有那么多的朋友帮助他,支持他,熊佛西就是其中一个。

> 幽幽青城山，长留师生情

1941年暑假，一个背着画板的年轻人气喘吁吁地攀爬在青城山曲折的山道上，一看就知道是个画画的学生。可沿途秀美的风光和景致并没有引起年轻人的注意，他一口气登上上清宫，打听张大千在上清宫的住所。遗憾的是，守门的人告诉他，张大千已经到敦煌临摹壁画去了。

年轻人叫胡梦痕，笔名胡立，是成都南虹艺专美术系的一名学生，这次利用暑假专门到青城山来欲拜张大千为师。

此时张大千已是名满中外的国画大师，想投到张大千大风堂门下的学生太多了，其中包括有许多已经拜在名家门下的学生也想转投到张大千门下。张大千收徒非常严苛，一是

考查学生有无绘画天赋和基础;二是要有名家引荐,艺品上信得过;三是收取拜师礼费用昂贵,一般都是一百块大洋。其实张大千收徒是重才不重财,真正有才气又愿意刻苦学习的学生,他常常是不吝钱财,出手援助。据张大千的学生、著名画家何海霞回忆,当年他因为一幅《饲鸟图》被张大千相中,拜在大风堂门下,拜师时送了老师一百块大洋的贽礼。何海霞家境贫寒,筹集这一百块大洋非常艰辛。张大千后来知道了何海霞的家境,把这一百块大洋还给何海霞说:"你送来,是执弟子礼,我如不收,非礼也。现在我还给你,表示师礼,你如不收,亦非礼也,我们都是寒士,艺道之交不论金钱。"

尽管如此,还是有许多青年学子想投到张大千门下。胡梦痕就是其中一个。

第一次拜师不遇,胡梦痕并没灰心,第二年暑假,他再次上山,结果又扑了个空。

1943年8月,张大千从敦煌回来并在兰州首次举办"张大千临摹敦煌壁画展览",轰动了整个美术界。年末,张大千在成都印行《大风堂临摹敦煌壁画》画册。胡梦痕看了画册,令他大开眼界。

胡梦痕是灌县(今都江堰市)石羊镇人。石羊镇是灌县河西重镇,就在青城山下。机缘巧合的是,石羊镇有个地方官员叫柳伯勤,喜好结交文化人。据石羊地方历史文化专家赵志伟著文记载,柳伯勤常陪一些官员和文化人到青城山游览,和在青城山上清宫的张大千渐成朋友。有一次张大千从成都友人家回青城山时,应柳伯勤邀请顺道到柳家做客。张大千到青城山后听易心莹道长讲过花蕊夫人的故事,就答应要给青城山道观画一幅花蕊夫人的像。花蕊夫人就出生在石羊镇附近的徐家渡,张大千早就想到花蕊故里去一探芳踪。接到柳伯勤的邀请,欣然前往。柳伯勤热情地款待了张大千一行,并跟张大千讲了花蕊夫人的许多趣事。张大千给柳伯勤画了三幅画,一幅《花蕊夫人》,一幅《观音菩萨》,还有一幅《青城羊马河》。柳伯勤有个儿子叫柳志华,年龄和胡梦痕相近。有次胡梦痕约柳志华玩,在柳家看到张大千这三幅画,惊叹张大千的艺术造诣,佩服得五体投地。此后便常到柳家临摹学习。经过两个假期的勤学苦练,胡梦痕对张大千的笔法已有几分掌握。1943年底,胡梦痕从南虹艺专毕业,变卖了家中的几亩薄田,带上自己的习作再次上山,要拜张大千为师。

冬天的上清宫银装素裹。胡梦痕在"上清寄居"的小院外请一道士向院内递上自己的习作。此时张大千正在画室挥毫

《高台春晓》（胡立）

泼墨,灵感奔涌,听学生说门外有一年轻人求见,嗯了一声,仍然埋头作画。

一个时辰过去了,天上开始飘起雪花,纷纷扬扬的雪花裹着寒气不停地向胡梦痕袭来。胡梦痕在雪地中不停地跺脚搓手,眼睛一直观察着小院的院门。坚持!坚持!古有程门立雪,今有上清踏雪。胡梦痕不停地给自己鼓劲。

张大千画完最后一笔,正想给学生们讲讲,抬头看见一学生手中拿的一幅画,便问,谁的画?打开一看,落款胡立,又问,谁是胡立?

学生告诉他,一个南虹艺专的学生,在门外等候两个多时辰了。

张大千把学生手中的画接过来看了又看,似觉有些眼熟,就让学生请这个叫胡立的学生进来。

学生打开院门招呼胡梦痕:"是胡立吗?八老师请你进去。"

披着满身雪花的胡梦痕终于跨进了上清宫小院的大门。那一刻,胡梦痕觉得浑身暖洋洋的。此后,他成为张大千的弟子,被称为胡立。

胡立虽然拜了张大千为师,但要想成为张大千大风堂的入室弟子,这道门槛很高,也很严苛。胡立拜张大千为师后,

学习非常勤奋，加之天赋很高，在张大千的指点下，进步很快。一次张大千在成都举办画展，几个在成都的学生前去观摩学习。回来后，胡立"背临"张大千在画展上的一幅画，其临摹的水平几乎可以乱真，连张大千看了后也大为吃惊，说："孺子可教也。"遂将胡立收为大风堂入室弟子，随侍左右。

许多人都不知道，张大千在灌县青城山那么多年，能走进大风堂的灌县籍学生就只有胡立一个人。

胡立成为张大千的入室弟子后，便经常随侍在张大千左右，学习画画，更加勤奋。张大千从敦煌归来后，住进成都昭觉寺整理临摹的敦煌壁画，装裱画作，筹办画展等，胡立和萧健初、王永年等几位张大千的学生一直跟随左右，帮着老师整理画卷，筹办画展。每年夏天，张大千都要带学生到青城山避暑和写生画画，在上清宫住上一段时间。因为胡立是本地人，人又勤快，就成了张大千最爱使唤的学生。胡立也不负老师所托，跑前跑后，张罗安排，很得张大千的赏识。直到1949年12月张大千离开成都。

据胡立回忆，在跟随张大千的日子里，除了整理画作，老师每天不是手捧书卷、挥洒丹青，便是置身于山野之中，眺望千峰万壑，细品草木百花，听流泉，看飞鸟，拂野竹，看云

《曲径通幽》（胡立）

海，眉间挂风去，指间捻画来。胡立回忆说："老师常教导他人间有两部书，一部是有字的，是前人所写；一部是无字的，是自然造化。两部书都要读好，方能成器。老师还说，一定要画自己最熟悉的东西，并且要坚持去画，才能成功。"胡立牢记老师的教导，一辈子只画都江堰青城山。胡立后来对自己的学生说："都江堰是生我养我的地方；青城山是我拜师，识得再生父母之处，我一辈子都画不完。"

作为张大千的得意门生之一，胡立没有辜负张大千的希望，在艺术创作上取得了辉煌的成就，创作了不少优秀的绘画作品，如1954年创作的国画《离堆春色》《蜀山新象》被中央档案馆收藏；1958年创作的《都江堰的春天》，参加了莫斯科举办的国际画展；1950年代表四川画家为人民大会堂四川厅作画；1980年初受到邓小平同志亲切接见；1990年初又应邀为天安门城楼作画。

胡立在追随张大千学习的几年时间，不光学到了绘画技艺，还收获了爱情。1948年，在四川省立女子师范学校读书的雷良玉在昭觉寺拜张大千为师，成了张大千离开成都之前最后收的一个女弟子。胡立和雷良玉在昭觉寺张大千画室共同学习期间，二人渐生情愫。张大千也非常看好胡立和雷良玉这对年轻人的恋爱,并想为他们主持婚礼。但形势的变化让张大千的想法落空。1949年12月下旬,张大千离开成都前夕,他依依不舍地对胡立、雷良玉两个得意门生说:"我主持不了你们的婚事了,给你们准备了20块银圆,你们自己去办吧。"胡立和雷良玉依依不舍地送走了老师,谁知这一别就是一生。

2023年夏末的一天,笔者到雷良玉家中去拜访。雷良玉已是九十六岁高龄,仍然耳聪目明,每天还要作画。雷良玉的儿子,也是著名画家的胡作廊先生说:"母亲前天还在家人的陪同下到虹口山上去打了一盘麻将,思维非常清晰。"雷良玉回忆说:"我是1948年拜张大千为师的,老师总是一身布衫、布鞋、布袜。两道剑眉,一把大胡子,面色红润,一副和蔼可亲的样子。"她回忆起当年跟着张大千学画的情景:"房间里一张大案桌,老师伏案作画,边画边教我们构图、勾勒、着色的要领。"雷良玉说:"老师不喜欢我们这些弟子一味模仿自己,而是根据各个学生不同的特点,因材施教,让我们发挥各自所长。老师见我是女性,个子不高,就教我画工笔,画小品。"

雷良玉虽然跟随张大千的时间不长,但得张大千指点,日后其工笔画在画坛上名气很大,尤其是她画的猫,至今仍受到爱好者的追捧。

胡立和雷良玉跟着张大千学习，一直到他离开内地。

1950年胡立和雷良玉结为伉俪，成为张大千大风堂名下为数不多的夫妻弟子。

张大千离开内地时留给胡立不少古代绘画艺术真迹，如元代的《琵琶行》《倪云林楷书》、清代的《石涛六十寿辰抒怀诗》《石涛荷花图》等二十多件价值不菲的作品。胡立先后于1953年、1954年、1955年将张大千留给他的这些珍贵字画捐赠给国家故宫博物院永久收藏。

张大千离开内地后，辗转世界各地，对都江堰青城山魂牵梦萦，常常发出"携家犹得住青城"的感慨。对灌县唯一的一位入室弟子胡立更是牵肠挂肚，先后给胡立写了四封信。胡立每次把信拿回家告诉夫人雷良玉时，总是禁不住热泪盈眶，"老师给我写信来了，在国外还牵挂着我们"。雷良玉回忆说："胡立每次收到老师来信，都是一边读一边放声大哭。"雷良玉记得张大千给胡立的信中有这样的话："我与你（胡立）和（王）永年，情如骨肉，此话良非虚语……"可见胡立和张大千之间深厚的师生情谊。此后，胡立把其中两封信以邮寄方式寄送给了原国家文化部（现中华人民共和国文化和旅游部）存档，留下另外两封信作纪念。遗憾的是，留下的两封信后来遗失了。

黄君璧青城山上索石溪

1939年末，时序已是冬季，青城山第一峰上纷纷扬扬地飘起了雪花，上清宫巍峨的楼宇银装素裹。新年临近，张大千邀请同是画家的好朋友黄君璧来青城山共庆新年。

张大千与黄君璧于1931年在广州相识，二人都是画家，且都十分喜爱石涛、石溪、八大山人等名家的画，尤其是石溪山水，两人不仅是喜爱，简直就是崇拜。石溪（1612—1692）法名髡残，字介丘，是明末清初画坛"四僧"之一，武陵（今湖南省常德市）人，幼年丧母，遂出家为僧。石溪山水画笔法高超，其画在平淡中求奇险，结构严密，开合有序又富于变化，常常在山重水复之间引人渐入佳境。石溪山水画笔法对后世

山水画影响极大。张大千和黄君璧二人从小临摹石溪山水,学习石溪的笔法。二人相识成为朋友后,在艺事上相互切磋,交流临摹石溪山水心得,随着友谊日增,遂成为莫逆之交。

黄君璧年长张大千一岁,张大千称之为君璧兄,黄君璧也回敬张大千为大千兄。

客厅里已生起了炭火,张大千和黄君璧围炉而坐,壁上挂着一幅石溪山水画,二人一边品着青城毛峰,一边谈论着石溪山水的笔法和特点。

黄君璧此次上山,除了和张大千一家共庆新年外,他还想邀请张大千和他一起到眉山、乐山、峨眉、雅安等地去游览、写生。黄君璧知道张大千正在筹备去敦煌临摹壁画,此一去又不知何时才能相聚,所以他想趁张大千在去敦煌之前,邀张大千再次聚游。张大千欣然应诺,并还提出要带儿子张心智一同前往,一路上请黄君璧多多提携指教。黄君璧呵呵一笑:"大千兄,心智守着你这么好一个老师,还要我来指点?"张大千一本正经地说:"君璧兄没听古人说,待诏不给自己剃头,太医不给自己把脉。自己的娃娃不好教啊,还请君璧兄对心智费心指点。"

二人正摆着龙门阵,同在上清宫相邻而居的易君左过来串门,抬眼看见黄君璧,哈哈一笑说:"这不是'窃画'大师黄君璧吗,新年第一天就到大千兄这儿来'窃画'了。"

张大千正色道:"家钺兄啊,你这张嘴啊跟你的文章一样没遮拦,咋这样说话呢?"

黄君璧哈哈一笑,不以为然地说:"我黄君璧自幼就被人戏称'窃画',但说无妨。"

"是啊,是啊,"易君左说,"谁不知君璧兄是岭南才子,我说的此窃非彼窃,此'窃',偷经学艺是也。开个玩笑,君璧兄不要见怪啊。"

易君左也是张大千的好朋友,还是老庚,在文艺界也是个响当当的人物,被称为"中国现代游记写作第一人",香港文学研究社曾将他与林语堂、周作人、李广田等名家并列。前几年写了一本游记散文《闲话扬州》,因书中文章对扬州人有不敬言辞,引发了一场震动中国的文字官司。抗战爆发后,和许多文人一样入川避难,两家人常相往来,说话也非常随便。

易君左除了文章,诗、书、画也颇有造诣,常常到张大千小院中来和张大千谈诗论画,探讨艺术。

易君左说得没错,黄君璧青少年时代就是以"偷经学艺"成名的。黄君璧家中殷实,父亲又喜欢收藏字画,家中收藏有

怒挽拔石渴驥 奔泉驟雨欲來煙雲
萬狀超軼絕塵 泥着痛快用情筆
墨之中放懷筆墨之外能不令欣賞
家一時驚駭

蕊清先生筆墨超已偶亦補救請正

己未夏日秦淮懷謝樓
清湘苦瓜和尚濟

戊辰十月廿七日樹下齋道人

《山水》立軸（明末清初·石濤）

不少名家字画和古画。受父亲影响，黄君璧自幼就喜欢画画，且显露出过人的绘画天赋。可惜父亲去世得早，照顾他生活学习的舅舅和伯父却不希望他去画什么画，认为那是小孩子贪玩好耍，不务正业，所以就禁止他画画，希望他好好学习，继承父业，打理家业。好在他的几个兄长支持他，常常偷偷给他买些纸张颜料让他学习画画。黄君璧就这样偷偷临摹家中丰富的藏画，一直到成年。黄君璧就是在一次次的临摹中领悟了国画的精髓，为他日后的国画创作打下坚实的基础。

据说黄君璧少年时偷经学艺的精神曾感动了一个装裱店的老板。这个装裱店的老板藏画颇丰，其中有不少是珍贵名画。他见黄君璧是个可造之才，竟将所藏的珍贵名画借给黄君璧临摹，其中就有石溪的画作。

黄君璧从少年到青年，经过十多年的偷经学艺，临摹了数百幅古画名画，基本功非常扎实，国画造诣极深，长于飞瀑流泉、风帆、霜林。笔墨氤氲，水意蒸融，苍劲有力，气势雄壮。张大千非常推崇黄君璧，在评价黄君璧的山水画时曾说："云瀑空灵，吾仰黄君璧。"更让张大千佩服的是，黄君璧由于幼时临摹古画名画练就的"童子功"，其仿作的石溪山水画，技法之高超，连一向被画坛誉为临摹高手的张大千也自叹不如。

三人一边喝茶一边谈诗论画。黄君璧走到墙壁前面仔细地观看了挂在墙壁上的一幅石溪山水，啧啧称赞道："堪比真迹，笔法高深啊！"转头又对张大千说："大千兄啊，记得你曾允诺给我一幅仿石溪山水，却迟迟未见行动，舍不得了？我这次上山来，你再不给我画，我就把这幅取走啦。"说罢就装着要去取画的样子。

易君左见状，忙上前拦着说："君璧兄莫要在这儿打假叉，这幅石溪山水可是大千兄的心肝宝贝，是真迹，我要了几次大千兄都没给我，你一句'堪比真迹'就要给取走。你们两个就别在我面前唱双簧了。"

张大千佯装恼怒地把杯子往桌子上一搁："家钺兄，怪不得你的《闲话扬州》得罪了那么多人，口无遮拦，咋个不祸从口出嘛。"

黄君璧冲着易君左一笑说："家钺兄啊，你晓得大千兄的仿画'骗'过多少人？陈半丁被他'骗'过吧，黄宾虹被他'骗'过吧，就连徐悲鸿这样级别的大画家也都被他'骗'过300块大洋。这幅石溪山水也把你给'骗'了，哈哈。"

黄君璧说的是民国廿年（1931），张大千一幅仿石涛山水画"骗"过徐悲鸿的事。当年张大千将一幅仿石涛的山水画

《云山图》（明末清初·石涛）

放在一位画店老板那里出售。这位老板和徐悲鸿很熟，就把张大千的这幅仿石涛的山水画拿给徐悲鸿看。徐悲鸿看了半天，觉得无论从笔墨、落款、印章，以及采用的纸张等各方面来看，认为是真品无疑，画店老板说要300块大洋，一个子也不能少。那时的300块大洋可不是一个小数目啊，可以买一处宅子了。徐悲鸿喜欢这幅石涛的山水画，就凑钱将画买了。不久，张大千来看徐悲鸿，徐悲鸿说他最近花了300块大洋收藏了一幅石涛的山水画，并很得意地将画拿出来请张大千鉴赏。张大千看了画后反问徐悲鸿："悲鸿兄觉此画画得如何？"徐悲鸿连点几个赞说："绝对是石涛画中的精品。"张大千说："这幅画是我画的。""什么？是你画的！"徐悲鸿把这幅画看了又看，不相信地摇了摇头。张大千见徐悲鸿不信，用小刀把画的一角挑开，里面露出"大风堂制"几个字样。徐悲鸿看了十分震惊，觉得张大千居然能把石涛的山水画仿得如此逼真，不由得暗暗称奇。张大千随后把300块大洋还给了徐悲鸿，并把这幅仿画送给了他。

易君左一愣，把壁上的石溪山水看了又看问张大千，真的是一幅仿画？

张大千轻轻呷了一口茶水说："要说仿石溪山水，现今的中国画坛上，如果君璧兄称第二，没人敢称第一了。这幅石溪山水瞒得过家钺兄，瞒不过君璧兄，说明我技不如人啊。"

黄君璧一听，忙摆手说道："大千兄高抬了，你这幅仿石溪山水几可乱真，我真的喜欢。"

张大千看了看易君左说："这幅画家钺兄要了几次，就送给家钺兄吧。君璧兄看得起，我另给你画一幅吧。"

在黄君璧的一再催促下，张大千又给黄君璧画了一幅《仿石溪山水》，并题："君璧道兄自擅石溪，而乃强予为此，迟迟不敢落笔。越岁同在青城，督促甚急，因此水渍旧纸，仿佛其形，图成请正。布鼓雷门，不自知愧汗几斛耳！"

黄君璧一生"与古为徒"，刻苦勤奋，其国画艺术造诣达到了一个相当高的境界，尤其是对石溪山水笔法的研究，同时代的画家无出其右，就连张大千在黄君璧面前也谦称是"布鼓雷门"。张大千与黄君璧相识相知几十年，相互学习，相互切磋，结成深厚友谊。两人的国画造诣极深，都达到了当代艺术的巅峰，艺术史上称张大千和黄君璧、溥心畲同为"渡海三家"。

黄君璧在青城山上得张大千赠《仿石溪山水》，视为至爱，一生珍藏。

青城山一别，二人在海外辗转多年，又在中国台湾聚首，并多次合作创作国画。

1955年合作《策杖寻幽图》；1976合作《泽畔行吟图》，珠联璧合，在中国台湾画坛传为美谈。1982年4月，也就是张大千去世的前一年，应台北历史博物馆的邀请，张大千和黄君璧当着媒体和观众的面再次合作创作了国画《宝岛长春图》，这是张大千和黄君璧一起合作的最后一幅国画。关于张大千和黄君璧几十年的友谊，有记者曾采访张大千，问他如何评价他和黄君璧的友谊，张大千十分感慨地说了一句："我和君璧亲如兄弟。"

张大千和黄君璧五十多年的真挚友谊，已成为中国画坛的一段佳话。

第二章 看山还是故乡青

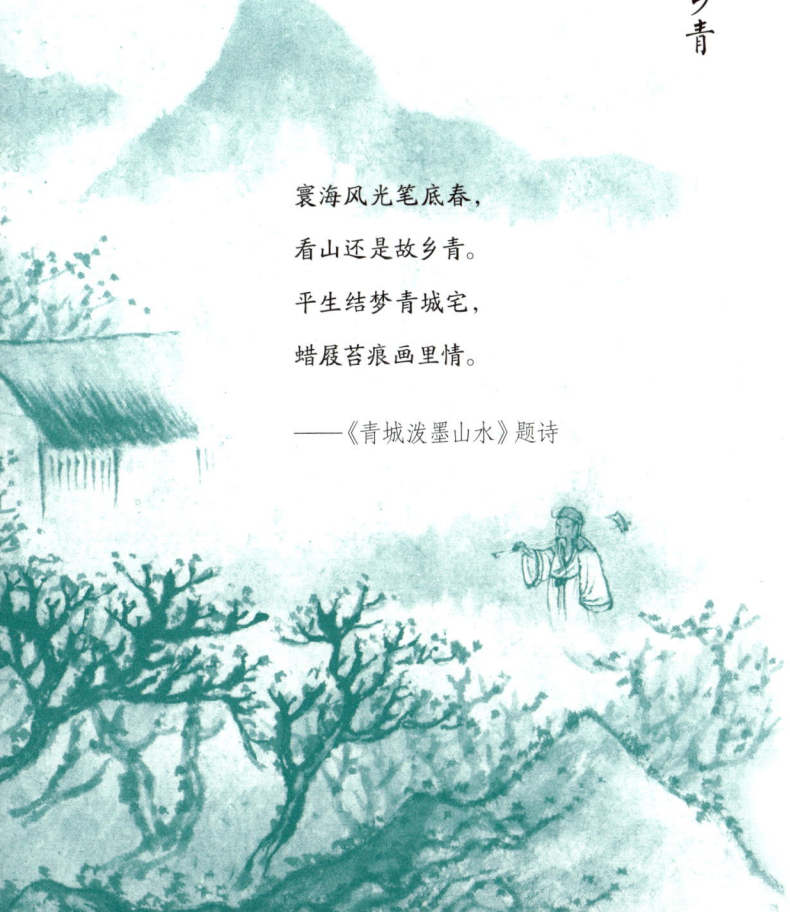

寰海风光笔底春，
看山还是故乡青。
平生结梦青城宅，
蜡屐苔痕画里情。

——《青城泼墨山水》题诗

魂牵老人村

青城老人村，一个让张大千一辈子魂牵梦萦的地方。

1944年仲夏的一天下午，张大千把自己在青城山上清宫的画室收拾一番，挂出了刚刚完成的《青城山十景图》反复端详，颇为得意地拈着自己的大胡子，吩咐他的夫人备茶，他要接待一个特殊的客人。说是客人，其实是青城山的道长易心莹。自1938年上山以来，张大千客居青城山，多蒙彭椿仙、易心莹等道长悉心照料，他才得以在青城山上潜心创作。如今他在完成了《青城山十景图》之后，准备下山了。临走之时，张大千要反客为主，请易心莹到他的画室做客，欣赏他的呕心之作，同时想请易心莹帮他了却一桩心事。

就在1943年的夏天，张大千结束了在敦煌的临摹壁画等工作，在兰州、成都、重庆等地举办了几场张大千临摹敦煌壁画展览，盛况空前，在战时的大后方引起轰动。尘封千年的敦煌壁画在张大千的笔下以精美独特的艺术魅力轰动了全国。

敦煌壁画临摹画展给张大千带来巨大的声誉。一时间张大千的名字和敦煌壁画成了中国美术界的第一话题，中国敦煌壁画从此走出西北大漠，走向世界。

临摹敦煌壁画展览结束后，张大千携家人又回到了他日思夜想的青城山，仍居住在上清宫，在热闹之后复归于平静，继续完成他的《青城山十景图》。青城山中空翠四合，峰峦、溪谷、宫观皆掩映于繁茂苍翠的林木之中。三十六峰，一百零八景，山川形胜，美不胜收。张大千总想着有一天要把青城山的美景全部浓缩在一幅画中，奈何青城山美景太多，岂是一幅画能容纳下的，于是他经过长时间的构思，决定选取青城山最有代表性的十处景点，将其浓缩在《青城山十景图》中。心中那个创作《青城山全景图》的宏伟计划，只有留待以后再说了。

如今他要下山了，心中的不舍实在难以描述。

几年时间，张大千的足迹遍布了青城山，这里的许多美

上清宫(罗晓红摄)

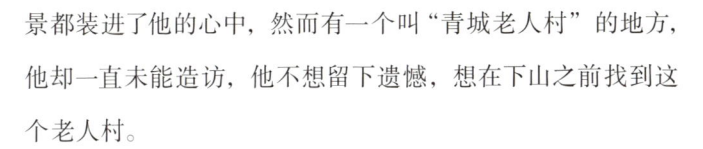

景都装进了他的心中,然而有一个叫"青城老人村"的地方,他却一直未能造访,他不想留下遗憾,想在下山之前找到这个老人村。

易心莹是青城山继彭椿仙道长之后的又一位道学大师,几十年精研道教,著述颇丰,成为青城山道教的一代宗师。易心莹除了在道学上有很高的造诣外,对艺术也颇有心得。张大千在寓居青城山时,易心莹常到张大千的画室与其讨论诗词书画,张大千也不时造访易心莹,与其一道探讨道家的思想。虽然说张大千崇尚佛学,身为佛门居士,但他对道教的道学同样敬重,特别是对道家的自然而然、无为而治、境由心造等思想很感兴趣,尤其是道家的养生之道,更是佩服,且心向往之。当他得知著名的"灌阳十景"中有一个地方叫青城老人村,便一直想身临其境,探寻青城长寿之秘,但直到他要离开青城山了还未能如愿。

易心莹走进张大千的画室,张大千拉着他的手说:"来来来,来看我的《青城山十景图》,你可是我这幅画的第一个观赏者哦。"画面展开,青城山十处著名景点依次在易心莹眼前展开。这十景分别是"朝阳洞""上清宫""青城第一峰""迎仙桥""高简槽""降魔石""丈人峰""大岩窝""望坡崖""观日亭"。易心莹在青城山生活修炼了几十年，第一次见到有人将青城山十大景点如此浑然一体地展现在眼前，不禁抚掌叹道："青城山的美景让先生给画绝了，真圣手也！"张大千摆摆手说："青城山的美景，我一辈子也画不完啊。"

二人一边品茶一边赏画。

张大千指着《青城山十景图》上的幽深之处对易心莹说："大师啊，听说这里有个青城老人村，不知大师去过没有？"易心莹说："听椿仙大师说起过，清初灌县县令马玑作的《灌阳十景：青城老人村》诗也提到，在青城后山的大山深处，有一处世外桃源，其景堪比陶渊明笔下之桃花源，村中多长寿之人，世说人生七十古来稀，可老人村里八九十岁的老人也不稀罕，百岁老人也时常可见。"少顷，易心莹抚着茶杯不无遗憾地说："我还真没去过这个地方。"

易心莹见张大千面露失望之情，又说："不过清初灌县县令马玑作的《灌阳十景：青城老人村》，诗云'石径循岩过几湾，荒村名胜喜登攀。世仍怀葛高风在，人类羲皇俗虑删。每厌醯盐非至味，但知耄耋尽童颜。桃源避客同千古，安得长生老此山。'有诗为证，想必不假。"

"桃源避客同千古，安得长生老此山。"张大千一边读着马玑的诗，脑海中仿佛浮现出陶渊明笔下的桃花源仙境，兴奋得像一个孩童，恨不得马上就带上画板去寻访老人村。

易心莹笑道："大千先生莫非想做第二个刘子骥？"

张大千说："就是，我在青城山住了几年，这么好的地方居然没去过，于心不甘啊。请大师帮忙，寻得当地人士带路，一睹青城老人村风采。"

易心莹说："青城后山山高林密，人迹罕至，几乎无路，且常有野兽出没，多有危险，先生还是不去为好。"

张大千说："青城老人村，世外桃源，岂能不去？不去，当终身遗憾。"

易心莹见张大千决心要去，便在青城后山的泰安场找到一位据说当年曾随其父到过老人村的猎人张大爷做向导，带张大千去寻访青城老人村。

在猎人张大爷的带领下，张大千和他的两个学生穿上麻窝子草鞋，绑上绑腿。张大爷还特地给张大千准备了一根青城山的藤杖，备足干粮，一行四人风餐露宿，在青城后山的深山密林中转了几天，竟然迷失了方向，最后无功而返。

张大千闷闷不乐地回到青城山上清宫居所，将此事告知易心莹并叮嘱，一旦有了青城老人村的消息，请一定告诉他。

此后张大千离开内地,先后辗转到中国香港、印度、阿根廷、巴西、美国等地游历和客居,最后在巴西定居,修建了著名的"八德园"。在"八德园"中,张大千将他对青城山的怀念和眷恋倾注在"八德园"的景观设计中,处处体现了青城山的元素,其中就有他梦想中的青城老人村的景致。20世纪60年代初,他在巴西创作了巨幅国画《青城全景泼墨山水》,意犹未尽,次年又创作了《青城山全景图》,并题诗画上:沫水犹然作乱流,味江难望蜀醪投。平生梦结青城宅,掷笔还羞与鬼谋。

《青城山全景图》的创作似乎了却了张大千的平生夙愿,但隐藏在张大千思想深处的念想从"平生梦结青城宅"诗句中就可以知道,他那青城老人村的遗憾一直压在心中。可以这么说,没有青城老人村的《青城山全景图》总觉得少了那么一点韵味。

20世纪50年代初,灌县学界名人余定夫翻山越岭到青城老人村考察。余定夫到访老人村后,写下了《重访老人村》诗二首。从诗的题目可知,余老先生不止一次造访老人村。余定夫在灌县教育界和文化界久负盛名,一向治学严谨,诗文所记之事自然可靠。且在余定夫的诗中亦有"凡此皆传说,我欲得其实。武陵再问津,桃花旧相识"之句,证实余定夫数次实地察访老人村之事实。惜乎余定夫到访青城老人村过后几年就去世了,所据资料为其长子余昌一珍藏,故在相当长的时间世人不知青城老人村的具体位置。

据余定夫考察和都江堰文史专家证实,张大千当年要寻访的青城老人村就是青城后山现属阿坝藏族羌族自治州汶川县的水磨镇。

可惜的是,后来易心莹与张大千完全失去了联系,张大千寻访青城老人村的心愿遂成终生遗憾。

张大千长期旅居海外,但他对青城山的思念随着时间的推移愈发强烈,进入晚年后仍创作了大量以青城山为题材的国画。他知道这辈子怕是难以重回青城山了,更不要说再去寻访青城老人村,于是凭着对青城山的回忆,想象创作了国画《青城老人村》。

完成了国画《青城老人村》的创作,了却了张大千朝思暮想的青城老人村之梦。虽然此画在张大千众多的山水画创作中并不显山露水,但却是凝聚了张大千心中的夙愿和对青城山的无限热爱。

青城天师栗

农历初一、四、七是青城山下太平场逢场的日期,每逢场期,四乡八邻的老百姓都要来赶场。

自张大千住进青城山上清宫后,每天不是到山上写生就是在画室中画画,在太平场逢场天,也时不时带着夫人孩子下山来赶场,在熙熙攘攘的集市中呼吸点市井的烟火气。太平场是张大千常去的地方,这里离张大千居住的青城山上清宫很近,又是灌县(今都江堰市)河西重镇,历史上是古青城县通往阿坝州"花坪老泽路"的重要物资集散地,商贸十分繁荣。张大千到太平场赶场,除了让夫人孩子们逛逛集市,放松一下久居山林宫观的寂寞心情,买点需要的日用品和零食，他有两件事情必做，一是到乡公所旁边告示栏看看告示，看看有什么时政新闻和太平场当地相关的新闻；二是到天成街"杨待诏"的理发铺子修面、掏耳朵，修理他那一把大胡子。

太平场的人称剃头匠为"待诏"。清初，皇上下旨，所有男子都必须剃发梳辫，违令者格杀勿论。官府便命各地剃头匠在剃头挑子上挂上朝廷的诏令。因此老百姓便叫这些剃头匠为"待诏"。杨待诏有一个绝活就是掏耳朵，那耳刮子在你的耳朵里掏啊掏，痒酥酥的，舒服得让你一会儿就睡着了。张大千到太平场，那是一定要到杨待诏那里去掏耳朵的。

张大千平时都是布履长衫，长发美髯，辨识度很高。因为经常赶太平场，好多人都知道他，当地人都称他为"写家"，是对他这个写字画画的人的昵称，熟悉的人则叫他八先生或八老师。

这天又是太平场逢场，张大千带着夫人杨宛君和两个孩子赶场。张大千照例要先到乡公所告示栏去看新闻，他让杨宛君带着心庆和心一（葆萝）两个孩子去赶集市，他看完新闻后就直接到天成街杨待诏的铺子上去。杨待诏一见张大千来了，忙掸掸围布招呼张大千坐下说："八先生怎么一个人来呢？夫人和孩子呢？"张大千说："她带孩子们去逛市场，一会儿过来。"

杨待诏给张大千修了面,理了须,然后掏耳朵。这是张大千最安逸的时候,他眯着眼睛静静地享受着耳刮子在耳心中轻轻抠动的惬意和舒服。突然儿子张葆萝捧着一捧炒熟的栗子跑到他面前说:"爸爸吃栗子,好香哦。"

张大千睁开眼睛一看,儿子手中捧着几颗圆圆的,似栗子又不像栗子的果实,剥开尝尝,果实的香味中又有一股淡淡的奇异药香。

"这是啥栗子呀?"张大千一边品尝一边问。

"这是青城山的野栗子嘛。"杨待诏瞟了一眼葆萝手中的栗子说,"我们这儿的人又叫它师栗子,传说是张天师栽种的。"

啥?那一刻张大千的脑海中如电光石火般闪过一首宋时大画家文同的诗《天师栗》:"天师携此种,至自上饶远。当时十七树,高干倚孤巘。苍蓬蒺藜大,紫壳槟榔软。蜀部名果中,推之为上选。"张大千幼时习画学诗,读过以画竹著名的北宋画家、诗人文同的作品,这首《天师栗》印象深刻。杨待诏说这师栗子是张天师当年栽种的,儿子葆萝手中的师栗子是不是就是文同诗中所说的天师栗?如果是,那它长在青城山的什么地方呢?

《墨竹图》（北宋·文同）

张大千指着葆萝手中的师栗子问夫人杨宛君，这师栗子是从哪儿买的。夫人告诉他是从市场的地摊上买的。张大千接过师栗子，耳朵也不掏了，忙拉着夫人和儿子一道去寻找卖师栗子的小贩，可惜小贩已经走了，扑了个空。

回到上清宫，张大千找到易心莹道长，掏出杨待诏口中所说的师栗子，问易心莹这是不是传说中的天师栗。易心莹是青城山道长中博学多才、著述等身的道教大师，不仅著有《老子通义》《老子道义学系统表》《道教系统表》等道教著作，还著有《青城风景导览》《青城指南》等有关青城山的书籍，对青城山可以说是了如指掌。易心莹看了张大千递给他的栗子，端详了一阵，肯定地说，这就是青城山上的师栗子。

易心莹告诉张大千，这师栗子相传是道教祖师张道陵在青城山结茅传道时所栽种的。易心莹说，一般板栗为一苞三至四瓣，果实形状扁圆；师栗子其果实为独瓣，呈圆形。师栗子炒熟可食，生也可入药，其性温味甘，能宽中下气，主治胃胀痛、疳积等疾，这在宋祁《益州方物记》中有记载。后张大千从易心莹那里借得《益州方物记》，上面记载："天师栗，唯西蜀青城山中有之，他处无有也。云张天师学道于此所遗，故名。似栗而味美，唯独房若橡为异耳。"

张大千听易心莹一说，心中一阵惊喜，拈起一颗天师栗问道："文同、宋祁距今已有一千余年，所言十七株天师栗树还在？"

易心莹笑道："不仅还在，至今还在挂果。每当秋季天师栗成熟之时，便有山民前往捡拾。"

张大千一听大为惊讶，心想：自诩为"青城客"，这青城山独有的天师栗，若不能用笔画下来，岂不是太遗憾了？当即请求易心莹带他去实地查看。

易心莹找来巡山的小道士，让他们带张大千去寻找天师栗。

天师栗树在青城山天师池附近，这里悬崖陡壁，山高林密，人迹罕至。张大千和两个学生在小道士的引导下，一路披荆斩棘，终于在高台山巅眺望到莽莽苍山中那一片天师栗树。一棵、两棵、三棵、四棵……山头云遮雾罩，山间莽莽苍苍。张大千笔下的天师栗树一棵接一棵地跃然纸上。《青城天师栗》画好了，张大千左看右看，是不是十七棵已经不重要了，重要的是这么美好的人间仙境怎么会没有人居住呢！于是，先生笔下又出现了茅舍、人物，画上的天师栗树林中有了人间的烟火气，有了美好生活的意境。

惊才绝艳红拂女

1944年,张大千在忙完了成都、重庆的"张大千临摹敦煌壁画展"后,回到青城山上清宫长长地舒了一口气,决定好好地休整几天,接下来他要完成心中的一个夙愿,为红拂女画像。

红拂女是谁?红拂女是中国古代一部传奇武侠小说《虬髯客传》中塑造的一个侠女形象。红拂女侠并不见于正史,有人戏称,红拂女的出生地就在青城山白云溪,因为《虬髯客传》是杜光庭隐居在青城山白云溪时创作的。红拂女虽然是小说中的人物形象,因其大胆追求爱情,爱慕李靖而追随李靖,并慧眼识得虬髯客,共同帮助李靖为大唐建功立业,因

敦煌壁画

而得到民众广泛的赞誉和认同。其故事在民间流传甚广,醴陵市渌水书院的红拂墓就是人们对红拂女义薄云天精神的肯定。红拂墓的牌坊柱上刻着两副楹联,其一云:一个传说,赢取万家美誉;千年芳冢,引发百代幽情。

1933年春,一个桃红柳绿、草长莺飞的季节,张大千兴致勃勃地前往湖南长沙旅游访友,过醴陵市时,听说红拂墓就在醴陵市渌水书院,便前往凭吊。《虬髯客传》以精彩的故事和情节,生动地刻画了李靖、红拂女、虬髯客这三个人的形象,后世因而称他们三人为"风尘三侠"。张大千深为《虬髯客传》的传奇故事和红拂女的侠肝义胆所感动,心中早就萌发了要为红拂女画像的念头。张大千谒墓后虽然没有马上为红拂女画像,但写下了凭吊红拂女的四首七绝。

张大千上青城山后,从彭椿仙道长那里听到杜光庭当年隐居青城山白云溪写《虬髯客传》的故事,再次为小说中精彩的故事情节和小说中塑造的"风尘三侠"所吸引,更为小说中红拂女为爱情而奔波的侠肝义胆之举所折服,心中再次萌发了要为红拂女画像的心愿。张大千画过不少的仕女图,无论古典娉婷、时装艳姝,又或异国女子,诸般妩媚娇态,都在他的笔下生动地展现,但少有英姿飒爽的侠女形象。可能是觉得笔下还没有那种侠义的精神气,不足以画出红拂女的神韵,所以迟迟没有动笔画红拂女。红拂墓前那座红拂女腰挎宝剑、披风飞扬的塑像,展现了红拂女的勃勃英姿,时时在张大千的脑海中浮动。

当得知当年杜光庭就是在青城山白云溪隐居时写下《虬髯客传》,塑造出红拂女这个侠女形象时,张大千决定要去拜谒这位中国传奇武侠小说的开山鼻祖。

1939年夏的某天,张大千在上清宫的小院中吃完早饭,正准备让学生去叫邻居易君左一同出发去白云溪写生——前几天他就和易君左约好今天去白云溪,一是写生,二是拜谒一千多年前在白云溪隐居的高道杜光庭。学生还未走出院子,易君左倒先进来了。易君左告诉张大千一个惊人的消息:名震京华的《大公报》专栏作家,笔名"还珠楼主"的李寿民,因不愿和日伪政权合作,被日本宪兵逮捕,关进了监狱。李寿民不就是那个在几家报纸连载武侠小说《青城十三侠》《蜀山剑侠传》的作者嘛。张大千听到这个消息也吃了一惊,暗自庆幸自己能从北平日本人的魔爪下全身而退,不然,说不定还要和李寿民这个四川老乡一起吃日本人的牢饭。

李寿民也是四川人,深受杜光庭《虬髯客传》的影响,写

敦煌壁画

了大量的武侠小说。因热爱青城山，他的武侠小说多以青城山为背景。武侠小说《青城十三侠》《蜀山剑侠传》在全国多家报纸连载，影响极大，让国人都知道，蜀山多剑侠，青城出侠女。

杜光庭，人称广成先生，是唐末五代时期的高道，字圣宾，号东瀛子，处州缙云（今属浙江）人。唐懿宗时期，考进士未中，后到天台山入道。唐僖宗时期，为供奉麟德殿文章应制，随僖宗入蜀。后来追随前蜀王建，官至户部侍郎。晚年辞官隐居青城山，封号传真天师。杜光庭一生著作颇多，有《道德真经广圣义》《道门科范大全集》《广成集》《洞天福地岳渎名山记》《青城山记》等，在青城山隐居时写的《虬髯客传》被金庸评价为中国武侠小说的鼻祖，对后世武侠小说影响颇深。而张大千画红拂女，更是受《虬髯客传》的影响。白云溪在青城山深处，山清水秀，风光秀丽，溪水淙淙，依然如一千多年前一样清澈如镜，可溪边广成先生隐居的茅屋早已不在。张大千和易君左在白云溪边默默地追思先贤，此时张大千心中的红拂侠女形象逐渐清晰起来。

张大千在青城山上清宫居住时，画了那么多的美女，如才貌双全的花蕊夫人、道教仙姑麻姑女神，还有根据青城山传说故事创作的《青城崔生妇》等，但张大千总觉得笔下的人物还少了点什么。少了点什么呢？对，少了那么一点侠气。白云溪归来，他仍然没有动笔。

1940年至1943年，张大千两赴敦煌临摹敦煌壁画。此后张大千的画风为之一变，他从敦煌壁画中学习和借鉴了唐代工笔仕女的用笔，色彩变得浓艳、开放，笔下的人物也开始与唐人对话。

此时张大千对《虬髯客传》中"风尘三侠"的人物早已烂熟于心，对红拂女人物形象历经十余年的酝酿，也早已成竹在胸，呼之欲出。从敦煌归来后，张大千在青城山上清宫创作了第一幅《红拂女》画图。

画成，张大千请青城山道长易心莹来上清宫画室品茶鉴图。易心莹仔细观看这幅《红拂女》，见整幅作品构图明快而简洁，画面上的红拂女神色从容自若，优雅大方，既有初唐女性的秀骨丰肌和华美精致，又内蕴侠女的柔情和侠骨。整个构图和线条、色彩、花纹都达到了完美的统一。易心莹惊呼："先生真乃神笔也！把红拂女侠画活了，此画必将惊艳于世。"《红拂女》是张大千敦煌归来后的一幅精绝之作，张大千对这幅《红拂女》也颇为满意。

敦煌壁画

此后，张大千又依据此《红拂女》为蓝本，先后创作了多幅以"惊才绝艳"为题的红拂女画像，并将当年谒红拂墓后写的四首绝句题在画上。其一：绝忆当年李药师，侯门投刺擅丰仪。谁知野店晨妆罢，能识虬髯客更奇。其二：能明去就更谁知，千载峥嵘女丈夫。生笑豪华杨越国，身犹未死骨先枯。其三：千山庙貌说奇雄，俎豆谁怜祭享空。倘使峨眉犹未死，忍看车骑渡辽东。其四：渌江之水清见底，渌江女儿柔似水。恨无侠骨有回肠，如此山川愧欲死。款识：二十年前醴陵红拂墓口号四首，漫画书上。大千居士。

《惊才绝艳》一面世，即震惊了画坛。红拂女画像是张大千艺术创作中的一个新高峰。有评论说："此幅《惊才绝艳》图，传神守真，取势用宏，以论其笔，妙在清劲，线条劲秀绝伦；傅彩富于冷艳，光华灿烂；气韵疏旷中和，崇向壮美……让人怦然心动。"

20世纪50年代，张大千再次创作了红拂女画图。这是在他访问印度期间临摹壁画，发现印度壁画和敦煌壁画的不同之处，于是吸取了印度壁画的精湛技法后创作的。画中红拂女既有大唐女性的遗韵，又显露出印度美女的风采，浓墨重彩中，红拂女别具风采的形象跃然纸上。

2013年5月,中国嘉德春季拍卖会在北京举槌,张大千十大名画之一的《惊才绝艳》以950万元起拍,随即有买家直接喊价至3000万元,震动了整个拍卖现场。经过数轮激烈竞价,最终以7130万元成交,创下了当年张大千单幅作品的最高拍卖价格。又一个十年过去了,《惊才绝艳》的身价早已过亿。

天师洞中画天师

张大千刚上青城山时，彭椿仙大师正忙于天师洞宫观的修葺收尾工作，整天忙得脚不沾地，但彭椿仙还是在百忙中关照张大千的生活和工作，从写生作画到油盐柴米，这让张大千十分感激。待家小安顿后，张大千便抽空到天师洞拜谢彭椿仙。

经过二十年的改建修葺，面貌一新的天师洞宫观展现在张大千的面前，虽然还未最后完工，但宏伟壮观的建筑群还是让张大千感到震撼。

天师洞又名常道观，是青城山道教宫观中第一宫观，不仅居青城山中心位置，更因为东汉道教天师张道陵曾在此结茅传道，是道教正一派的祖庭，在道众心中具有崇高的地位。宫观始建造于隋大业年间(605—618)，原名延庆观，唐时改称为常道观，宋时改名昭庆观，清代以后则称天师洞，后又沿用常道观至今。老百姓习惯称之为天师洞。

清康熙年间(1662—1722)，全真道龙门派第十代祖师陈清觉主持重建天师洞宫观。历两百年风雨，至民国时期，宫观建筑又多有破败坍毁。1919年，时任常道观住持的彭椿仙主政青城山道教，决心自力更生修复天师洞宫观建筑，扩建常道观殿宇，复兴青城山道场。从1919年到1941年，历经二十余年的时间，彭椿仙终于将天师洞宫观建筑改造扩建工程完工。

张大千从上清宫到天师洞拜谢彭椿仙，此时彭椿仙因长年累月操心天师洞扩建修葺工作，已积劳成疾，身体十分羸弱，见张大千前来拜访，十分高兴，拖着病体坚持陪同张大千参观即将完工的宫观建筑。天师洞宫观建筑群依山势建于青城山白云溪与海棠溪之间的山坪上，整体东向略偏北，应"紫气东来"之意。建筑三面环山，一面临涧，前可览碧峰幽谷。后枕耸立的混元顶，左傍青龙岗，右携黑虎塘，形成围屏环抱之势。整个建筑群依山取势，得天独厚的地形和宏伟壮

天师洞山门（罗晓红摄）

观的建筑，使天师洞成为中国道教著名的宫观。

三清大殿金碧辉煌，六根巨型石柱分别立于六头雕刻精美的石狮子、石麒麟等石兽身上，支撑着巍峨的三清大殿。大殿中塑须弥座彩塑三清造像，殿正中悬挂康熙皇帝手书"丹台碧洞"匾额。整个天师洞三清大殿气势恢宏。

"大师啊，您穷其一生精力，自力更生复建千年古常道观，重置钟磬，令我十分敬佩。今蒙大师不弃，收留一家老小于仙山福地，感恩不尽。我能为大师做点什么呢？"站在金碧辉煌的三清大殿前，张大千无限感慨地说。

"大千先生过奖了。"彭椿仙望着张大千笑眯眯地说，"我正想有一事相求，不知先生能否应允。"

张大千连忙摆手："大师切莫客气，但凡我能办到的，大师尽管吩咐。"

"先生知道，天师洞是天师张道陵结茅传道的洞府，是天师道的祖庭，也是中国道教的发祥地。"彭椿仙说，"道陵天师在青城山降妖除魔，降'六大魔王'，除'八部鬼帅'，创正一盟威道（天师道），著《老子想尔注》，设二十四治，'佐国扶命，养育群生'，功莫大焉。今新殿落成，想请先生为天师画像一幅，刻石立碑，置于观中，不知可否。"

"义不容辞，义不容辞。"张大千捋着大胡子呵呵一笑，"我张大千身无长物，唯一支笔而已。"

彭椿仙又带张大千到三清大殿后面的天师洞府中拜祀张天师。洞中神龛内供奉着隋代石刻张道陵像，天师左手掌心直伸向外，手握"阳平治都功印"，怒目圆睁，面呈威猛之相，是以震慑群魔之态。彭椿仙对张大千说："世人只知张天师降妖擒魔，武功高强，却少知道陵祖师乃西汉留侯张良之后，自幼聪慧，熟读儒家'五经'，曾入学'洛阳太学'，是汉时博通五经之饱学之士。后龙虎山筑坛炼丹，鹤鸣山著书立说，青城山结茅传道，创立'天师道'，是我道教祖师。此天师神像威猛有余而教化布道不足，欲借先生神笔，将道陵祖师文武双全的形象展现出来。"

张大千当即应允下来。

张大千回到上清宫，随即就到画室磨墨展纸，为张天师画像。像成，张大千左看右看，觉得文人气质太重，威猛神气不足，毕竟张道陵在青城山是位"三岛石"斩妖，"掷笔槽"降魔的天师。他托学生将张天师画像带给彭椿仙说，待他画出更加理想的天师画像再行刻石。

1941年春，张大千回到青城山时，彭椿仙大师已在头一

《张天师像》碑刻（罗晓红摄）

年仙逝。接替彭椿仙担任青城山当家的是易心莹。易心莹告诉张大千，椿仙大师叮嘱，待大千先生的天师像画好之后，请务必了却他的心愿，在天师洞为张天师像刻石立碑。张大千痛失挚友，想起彭椿仙心心念念的要为张天师像在天师洞刻石立碑的心愿，而今已成遗愿，追悔莫及。

张大千从敦煌归来，经过两年多临摹敦煌壁画的研习，艺术造诣进一步提升，画风也为之一变。尤其在人物描摹方面，张大千吸取了唐代人物画的艺术精髓，人物形象、构图、着色、线条等各方面都有了很大的提升，达到了一个前所未有的高度。他在此前画的张天师画像的基础上重新进行构思，以刚柔相济的白描技法将张天师文武兼备的形象勾勒上石，请易心莹寻青城山最好的石匠精心雕刻。碑成，碑上张天师头戴道冠，身着道袍，眉须飞扬，目光炯炯，怀抱宝剑，龙行虎步，浑身上下有一股让妖魔鬼怪、魑魅魍魉闻风丧胆的英武之气，又有一种胸怀抱负，布道天下的天师神韵。

张天师像碑下刻：甲申秋日，张大千缋。钤印：张爰之印。碑上部有武昌刘成禹题诗：冕旒奋发，旌旆飞扬。张老神来，独往巨方。道子挂颊，六如右旁。苍茫拥立，天师堂堂。紫髯碧睛，禹履风裳。侧身抱剑，月贯虹芒。仙人神笔，洞天永藏。百灵下护，销兵气光。刘成禹的题诗十分传神地解读了张大千所画的张天师石刻像。

张天师像刻石立碑时，虽彭椿仙大师已仙逝，但因为此张天师像和碑刻均是彭椿仙生前所嘱，碑上乃刻：青城常道观彭椿仙立石。

天师洞道观对张天师画碑极为珍视，将其立于天师洞三皇殿内，与唐玄宗开元十二年甲子（724）敕书碑刻并立，视为镇观之宝。

麻姑池和麻姑仙女

张大千携家住进的上清宫小院，在上清宫文武殿旁边，非常精巧雅致。小院有十多间房，正中是张大千的画室和会客室，两边为三位夫人曾正蓉、黄凝素、杨宛君和孩子们的卧舍。

小院中大千画室正对面有一个半月形水池，叫"麻姑池"。麻姑池长不过丈余，宽不过数尺，池子虽然不大，但水清如碧，清凉甘洌，是上清宫生活用水的主要水源。最令人感到神奇的是，这麻姑池的水冬不干涸，夏不满溢。道士们说，麻姑池是麻姑仙子炼丹取水的池子，所以取之不竭。

上清宫位于青城三十六峰之第一峰，高山之巅，这麻姑池的水从何而来，又流往何处，至今还是青城山上的一个谜。

青城之水清兮，可以濯吾心！

张大千一住进上清宫，立刻就喜欢上了这个麻姑池。

麻姑又称寿仙娘娘，是中国道教神话传说中的女神，又是长寿的象征。中国古代的长寿人物有"男彭祖，女麻姑"之说。相传麻姑是建昌人（今江西抚州，亦说是四川西昌），《神仙传》载，麻姑曾修道于牟州东南姑馀山（今山东烟台市牟平区），东汉时应仙人王方平之招降于蔡经家，十八九岁的年纪，长得非常漂亮。又传麻姑手指为"鸟爪"，大概是出于古代人们对神鸟的崇拜。麻姑自称已见过东海三次变为桑田，因此古代又以麻姑象征高寿。又流传有三月三西王母寿辰，麻姑于绛珠河边以灵芝酿酒祝寿的故事，民间传为"麻姑献寿"。据《舆地纪胜》载，麻姑仙女在青城山上修炼过，山上还有麻姑洞。麻姑炼丹时，就曾取用麻姑池中的水，故这池叫麻姑池。

张大千在上清宫住了一段时间，已和彭椿仙、冯南瑄、易心莹等道众成为朋友。张大千见麻姑池四壁破损，有的地方已快坍塌，甚觉可惜，便与彭椿仙、冯南瑄、易心莹商量："各位道长，麻姑池破损严重，麻姑仙子回来取水炼丹，见此池

《麻姑仙子》碑刻（罗晓红摄）

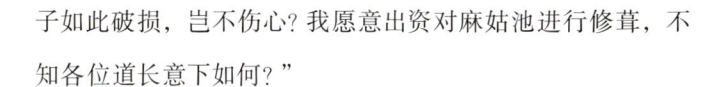

子如此破损，岂不伤心？我愿意出资对麻姑池进行修葺，不知各位道长意下如何？"

其时彭椿仙正在修葺天师洞，无暇顾及麻姑池，就交代冯南瑄对麻姑池进行修整。冯南瑄和易心莹听说张大千要修葺麻姑池，自然十分赞许。冯南瑄说："大千先生建议甚好，修葺麻姑池是青城山道家义不容辞的职责，我们马上组织石匠采集条石，购买石灰，按大千先生的意见进行修葺。"停了一下，冯南瑄道长又说："大千先生，我有个不情之请。"张大千说："冯道长有话请讲。"冯南瑄说："麻姑池修好后，想劳大千先生的大驾，把麻姑仙子请回青城山。"张大千愣了一下，"怎么请啊？"冯南瑄说："劳烦大千先生用你的神笔请啊。"张大千一下就明白了冯南瑄的意思，说："没问题呀，君子动口不动手，我不是君子，向来是动手不动口。麻姑池修葺好了，我保证三天之内将麻姑仙子请回青城山。"

麻姑池很快修葺好了，张大千也如约将"麻姑仙子"请回青城山。

张大千笔下的麻姑仙子身材修长，柳眉杏目，美丽端庄，头束螺髻，盘绕如云，头戴金簪玉环，身穿宽袖对襟衣服，裙带飘逸飞扬，举手投足间，宛如飘然归来的仙子。

彭椿仙、冯南瑄、易心莹等道友看了，啧啧称赞，惊为天人下凡。冯南瑄当即表示，要勒石刻碑，将麻姑仙子永远留在青城山。

有道友看了麻姑仙子画像后提出过疑问，说麻姑仙子的手指是鸟爪，怎么没看见鸟爪呢？

张大千捋着大胡子笑着说："麻姑是仙姑，鸟爪岂能随便外露。"

此后张大千还陆续画了许多麻姑献寿的画，都巧妙地隐去麻姑的鸟爪，更展现出麻姑的完美。

冯南瑄道长请了青城山手艺最好的石匠将张大千笔下的麻姑像刻石立碑，竖在麻姑池旁的文武殿内。碑高160厘米，宽80厘米，碑上麻姑仙子的头发、衣领及下摆用阴刻的技法，搭配人物的线条轮廓，黑白互相衬托，对比强烈，使碑刻上的麻姑别有一种美感。碑上麻姑像右侧题：庚辰二月，张大千写，青城上清宫住持冯南瑄立石。钤印：大千居士、蜀郡张爰。

麻姑池整修一新，游人和香客到此，只知道这池水清澈如镜，清冽甘美，却不知道这池子叫什么，有什么来历。易心莹对张大千说："一客不烦二主，就请八先生再为麻姑池写几个字吧。"张大千欣然应允。

"麻姑池"这几个字该怎么写才好呢?张大千在池边来回走动,眼睛往池中搜寻,仿佛要在池中找出点什么。早年张大千在上海学习书画,曾拜道家书法大师曾季子为师,得大师真传,以汉魏"石门颂""石门铭"等珍稀碑刻铭文为摹本,勤学苦练,最终形成自成一体的"大千体"。对,就这样写。回到画室,张大千展开宣纸,一挥而就,"麻姑池"三个大字跃然纸上,字体左低右高,笔力雄健,尽显古碑帖神韵。款识:第一峰后绝壁上有麻姑洞,为麻姑烧丹之所,尝取汲于此,故名。"山志"亦称"天池",张大千题。

上清宫道家将"麻姑池"刻碑立于麻姑池旁,游人和香客至此,不仅知道了这水清如碧的池子叫麻姑池,也知道了麻姑池的来历。麻姑池也成为青城山上清宫又一景点。

差胜南唐小周后

张大千喜欢画仕女图,其仕女作品数量之多,艺术水平之高,旁人难以企及。在青城山画作中,除了山水,画得最多的就是仕女图。1944年为上清宫道观作《花蕊夫人》像,是他自认为在青城山画的仕女图中最为得意的精品之作。

1943年夏,洗却了都市的浮华与热闹后,张大千又回到青城山,一头扎进他在上清宫的画室,他先后创作了《青城山十景图》《宋人觅句图》《翠竹仕女图》《红叶小鸟图》等佳作。

张大千曾答应彭椿仙,要为青城山道观画一幅花蕊夫人的像。可是,还没等看到彭椿仙就仙逝了,这让张大千内心深为内疚。

此前张大千曾问过易心莹,据史乘记载,花蕊夫人为青城人士,为什么青城山上没花蕊夫人的遗迹。易心莹告诉张大千,所谓青城人士,指的是花蕊夫人是古青城县人,而非青城山人。唐宋时,在灌县(今都江堰市)河西设青城县,县治在徐渡乡。花蕊夫人姓徐名惠,出生在青城县治附近的徐家大院。张大千一听,恍然大悟。

为了画好花蕊夫人,张大千趁从成都返青城山之际,顺道去好友、石羊名士柳伯勤家去,请柳伯勤带他到徐渡乡徐家大院花蕊夫人故里去看看。用现在流行的话说,就是去做一次田野调查。柳伯勤见张大千来访,自然十分高兴。三年前张大千就曾到柳伯勤家作过客,听柳伯勤讲过花蕊夫人幼时的故事,听说张大千要去花蕊夫人出生的徐家大院看看,便亲自带张大千一行前去。

在古青城县治的遗址旁,四周散落着若干竹林院舍。柳伯勤告诉张大千,这里的人大都姓徐,是徐家的后代,故乡名取徐姓,叫徐渡乡。在一处已经衰败得很厉害的四合院前,柳伯勤指着院子对张大千说,据说这里就是花蕊夫人出生的老宅子徐家大院。虽然徐家老宅子几经更迭,早已不是当年的徐家院子,且已经败落了,但从遗址上依然能够看到徐家大院当年的规模和气派。大院是典型的川西民居四合院风格,有前庭和后花园,庭院中花木扶疏,流水潺潺,环境十分优美。后花园有琴台遗址,传说是花蕊夫人少时练琴的地方。院子旁边的花蕊池是花蕊夫人儿时游玩和戏水的地方,池畔有梳妆台等遗址,是花蕊夫人少女时梳妆的地方。

柳伯勤指着徐家大院告诉张大千,花蕊夫人的父亲徐国璋是古青城县富甲一方的员外,有良田千亩,街房百间,徐家是古青城县的首富,徐氏一族为修建徐家渡口出了大力,所以人们习惯把古青城县通往成都的渡口称为"徐家渡"。徐国璋的千金徐慧自幼聪慧,天生丽质,貌美如花,更作得一手好词,被后蜀主孟昶选入宫中,百般宠爱,封为贵妃,称花蕊夫人。当年花蕊夫人就是从这徐家渡口摆渡过河,进入成都孟昶宫中。

此前张大千也曾画过花蕊夫人,但总觉得不尽如人意。从敦煌归来,张大千通过临摹敦煌壁画,绘画技艺有了一个飞跃。苏东坡赞美花蕊夫人"花不足拟其色,蕊差堪状其容",她的《宫词》不仅开了花间词的先河,一首《述国亡诗》:"君王城上竖降旗,妾在深宫那得知。十四万人齐解甲,更无一个是男儿。"更是千古绝唱。作为唐末五代蜀中色艺俱佳的花蕊夫人，在中国历史上无人能出其右。张大千觉得，画好花蕊夫人的形象容易，要画出她的神韵，却不是一件容易的事。

通过柳伯勤的介绍和对花蕊夫人故里的走访，张大千渐渐对这个叫徐慧的花蕊夫人有了更深的了解。

古青城县遗址旁边有一条岷江支流叫黑石河，河对岸就是成都方向，古时青城县到成都府，都要从这里的渡口经过。柳伯勤又带张大千去看当年花蕊夫人入宫经过的徐家渡。随着时光的流逝，曾经繁华的徐家渡，如今只留下由人凭吊的遗址。柳伯勤脱口念出清末诗人刘光旭写下的《过徐家渡》一诗："江水带平沙，江天一望斜。即今余石垒，当日尽人家。城阙空山色，楼台逐浪花。沧桑几经变，古渡剩寒鸦。"面对有些荒凉的河滩，遥想花蕊夫人当年入宫时由这里摆渡过河的盛大场面，张大千不禁感叹连连。

回到青城山上，张大千心中的花蕊夫人已是呼之欲出，回到画室中开始潜心创作他心目中最重要的一幅画《花蕊夫人像》。

这幅《花蕊夫人像》是张大千居青城山时的一幅精心之作。张大千以形写神，画中花蕊夫人头束朝天髻，插凤钗，戴耳环，发上别三株步摇，胸佩雕花宝玉，身着长袖袒胸衫，

《花蕊夫人》碑刻（罗晓红摄）

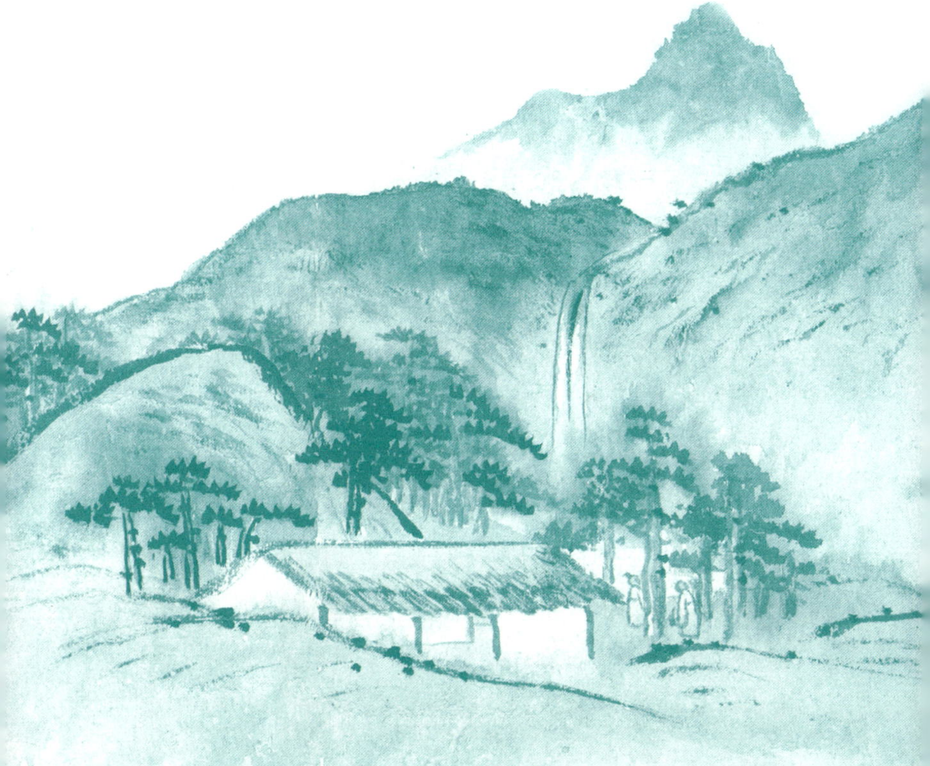

肩搭纱罗披肩。端庄美丽，气质优雅，神态中流露出"腹有诗书气自华"的非凡气质。

画成，张大千也非常满意。

张大千的新作，除了专门送给朋友的，一般都是等到一批画装裱完成，然后举办画展，让参观者选购，观众才能看到。《花蕊夫人像》画成，连张大千都有点按捺不住了，邀约了一些文朋诗友前来观画。据胡立回忆，当时来参观此画的大都是文艺界名人，鉴赏眼光都非常高。大家看了这幅《花蕊夫人像》，大为赞赏，认为张大千敦煌归来，已得敦煌壁画艺术之神韵。此《花蕊夫人像》是张大千仕女图创作上一个里程碑式的作品。

张大千的好友林思进看了《花蕊夫人像》，也不禁为之一惊，欣然配诗一首："青城辇道尽荒烟，环佩归来夜褭然。差胜南唐小周后，宋宫犹得祀张仙。"林思进何许人也？乃是当时四川鼎鼎大名的国学大师，曾官至"内阁中书"，蜀中"五老七贤"之一。能得到林思进"差胜南唐小周后"的美誉，可见这幅画确实非同一般。

这幅《花蕊夫人像》也是张大千为了却对彭椿仙的诺言而专门为青城山道观画的。易心莹着上清宫道士精选石材，精挑刻工,将《花蕊夫人像》刻碑立于上清宫道观,供信众和游客观赏。

此碑立上清宫道观,碑高165厘米,宽75厘米,刻工技艺高超,刀法精准,力道遒劲,线条流畅,是对张大千《花蕊夫人像》的再次艺术创作。碑右刻林思进配诗;碑左下题:甲申八月,大千张爰写于青城山上清宫。钤"张爰""大千居士"朱文印各一。碑左上侧刻有"青城上清宫"五字。

《花蕊夫人像》勒石立碑后,张大千在易心莹陪同下,到青龙岗吊唁了彭椿仙,以告慰大师的在天之灵。

望坡崖的传说

张大千以青城山为题材的画作中,佳作甚多,《青城望坡崖》一画并不显山露水,但画中却蕴含了一个令张大千感受颇深的文坛佳话。

1940年初夏的一天,张大千到青城山中写生。今天他要到一个叫望坡崖的地方,穿越千年岁月去寻觅一个西蜀著名隐士张俞盼望苏东坡归隐青城的故事。

张大千芒鞋竹杖,在当地山民的带领下,一路攀爬,一边走一边观山望景,不觉来到一处坡地。远眺,云遮雾罩间,山峰峥嵘,近看,坡上茂林修竹,鸟语花香,坡下流水淙淙,清澈明亮。眺望远处,山下川西平原尽收眼底。

山民告诉他,这里就是"王婆岩",山下的小河叫白云溪。

不是叫望坡崖吗?怎么叫王婆岩?

山民告诉张大千,当地老百姓习惯称这里为"王婆岩"。传说是李冰的二儿子李二郎为了降伏在岷江河中兴风作浪的孽龙,在"王婆岩"这个地方变成一个卖面的王姓婆婆,将擒拿孽龙的铁链变成面条,在此设伏等待孽龙。孽龙逃到这里,顿感腹中饥饿,见有卖面的,端起面条就吃,面条一下肚便变成了铁链,让孽龙动弹不得,李二郎还原真身,将孽龙降伏于都江堰宝瓶口下的伏龙潭。因此这个地方叫"王婆岩"。

哦,原来是这么一回事。

收拾好画稿回到上清宫,当天晚上,张大千铺开宣纸秉烛作画,却又迟迟不能下笔。易心莹给他讲过的张俞和苏东坡关于望坡崖的故事一直在他脑海中反复出现。

张大千知道张俞是北宋著名诗人,长期隐居都江堰青城山,是西蜀著名的隐士,一般人不太熟悉这个名字,但提到他写的那首《蚕妇》诗,很多人都耳熟能详:"昨日入城市,归来泪满巾。遍身罗绮者,不是养蚕人。"

张俞是北宋益州郫人(今四川成都郫都区),字少愚,号白云居士,自幼聪明好学,以诗词文章名于世,和苏东坡、文同、文彦博等为好友。张俞年轻时也向往功名,惜其仕运不佳,参加科考屡试不第,后经人举荐,试录用为秘书省校书郎,但官场争斗和黑暗,让他心灰意冷,从此绝意仕途,远离政治,归隐山林,到青城山隐居。

时值北宋政坛上政治斗争激烈,苏东坡在北宋的政治斗争中几起几落,颇为失意,就和好友张俞相约,他日归隐青城山,远离政治斗争。其后朝廷数次颁布诏令要张俞任职,张俞就是不肯出山,史书上载是"七诏不起"。张俞不仅自己不愿卷入尔虞我诈的政治纷争,还多次劝他的好友苏东坡早点离开官场,到青城山做一名隐士,过快乐逍遥的隐居生活。

文彦博是北宋时期著名的政治家,又是大书法家,他历经仁宗、英宗、神宗、哲宗四朝,出将入相达五十年之久,可见其在政治上非常成熟、老道。文彦博既是张俞家乡的长官,又是张俞的好友,非常爱才惜才,多次劝说张俞出来辅助他工作未果之后,知其决意归隐,便资助张俞在青城山白云溪杜光庭旧居置屋隐居。文彦博为什么要在杜光庭的旧居为张俞置屋居住呢?杜光庭是唐末五代时期的一位高深道士,道教大学问家,隐居之前曾官至户部侍郎,后归隐山林,隐居在青城山,潜心研究道教,著述颇丰,成为一代高道。杜光

《墨荷图》（明末清初·石涛）

庭正是张俞效行的榜样,居于此,正合张俞心意。

张俞隐居于青城山白云溪,从此便自号"白云居士"。

宋神宗熙宁年间,张俞好友,梓州(今四川绵阳市盐亭县)人文同专程到青城山白云溪看望张俞。老朋友相见,大家都非常高兴。张俞以白云溪水泡青城茶款待文同。

文同字与可,是一位著名诗人,也是一位大画家,尤其擅长画竹,是画坛"墨竹画法"的开创者。苏东坡称其每每提笔,总是成竹在胸,成语"胸有成竹"即出于此。文与可与苏东坡是表兄弟,文与可作为表哥,比较熟知苏东坡的情况。品茗之际,张俞自然问到了老朋友苏东坡的近况。文与可说,少愚兄,子瞻知道我要来青城山看望你,特地嘱我代他向你问好。张俞连连拱手致谢说,子瞻近来可好?文与可一声叹息说,朝堂党争激烈,国事内忧外患,子瞻这个人恃才傲物,固执己见,屡屡以诗文得罪朝野,一贬再贬,日子不好过啊。叙谈中张俞得知,其时苏东坡因上书言事,反对新法,得罪了王安石和支持王安石的神宗皇帝,已被逐出京城。张俞说,以子瞻之才,何苦盯住那顶乌纱帽不放,不如和我一样,退隐山林,到这青城山上做一个逍遥之人。文与可说,少愚兄,不瞒你说,子瞻听说你隐居青城,七诏不起,大为感慨,说,少愚兄乃真君子也。张俞一听,问道,子瞻莫非已有归隐之意?文与可说,正是。来时子瞻嘱我看看少愚兄归隐的地方,说,青城山是个好地方,清幽空灵,山清水秀,又是道家发祥地,自古就有宁封子、张道陵、杜光庭等高士在此仙隐,今又有少愚兄在此隐居,他日归隐山林,一定来此和少愚同住。

张俞听文与可说苏东坡要来此居住,喜不自禁,连声说道,如此甚好。并叮嘱文与可带信催促苏东坡早日回川。

文与可走后,张俞每天都沉浸在和苏东坡隐居青城,饮酒作诗,品茗填词的逍遥快乐之中。张俞请来当地农民砍伐荒山,修桥筑路,修葺房舍,酿制茅梨酒,焙制青城茶,只为了迎接苏东坡的到来。

青城山白云溪附近有一山坡,坡顶地势平坦,居高临下可远眺进山之路,当地山民常常看见张俞站在坡顶远望,便问张俞,张先生在此张望等待何人。张俞说等我子瞻兄弟,东坡先生。

让张俞没有想到的是,苏东坡即使在日后遭遇"乌台诗案"身陷囹圄,出狱后也未有归隐的行动,之后又一贬黄州,再贬汝州,三贬颍州,最后贬到天涯海角的儋州,直到客死常州,也没能回到四川,归隐青城。而张俞则在青城山一直

第二章 看山还是故乡青

等到去世也没等到他的子瞻兄弟。

当地百姓感念张少愚痴心,就将这个地方叫作"望坡崖"。

夜深了,张大千仍然沉浸在望坡崖的故事中。白云居士这种俾倪官场,追求艺术和向往自由的精神和大千居士竟然在几百年后产生共鸣。张少愚终生守望苏东坡的故事深深地打动了张大千。他在想如何才能在这幅画中既表现出望坡崖的景致,又展现出"望坡"的精神境界。

山崖一定是峻峭的,白云一定是洁白的。

其后张大千又数次造访望坡崖,数易其画稿,最终创作出国画《青城望坡崖》。款识:文路公镇蜀,买青城杜光庭读书堂故址以赠隐士张俞,号白云隐士。与可远蜀访之,苏子瞻因有归隐相依之约,俞遂剖险阻,期其归来,故云望坡,乃误为王婆崖也。庚辰八月写青城望坡崖,用石溪笔法。蜀人张大千。

《青城望坡崖》完成后,张大千意犹未尽,后又创作了大型国画《青城十景图》,将望坡崖列为青城十景之一,可见张大千对望坡崖这段故事终生难以忘怀。

是何意态雄且杰

1943年夏天,清幽凉爽的青城山又迎来了一位美术界的大咖,著名画家徐悲鸿。

徐悲鸿和张大千都是中国现代画坛上大师级人物,不同的是徐悲鸿曾留学法国学习西画,回国后又长期从事美术教育工作,在美术创作的同时教书育人。这次徐悲鸿就是利用暑假空隙,携中国美术学院的学生郁风、费成武、陈晓南、康寿山等及儿子徐伯阳上山写生画画,同时想见见分别了几年的张大千。

同行的还有一位女学生廖静文。

徐悲鸿一行上了青城山,易心莹道士安排徐悲鸿住进了天师洞，并热情地接待了这位在国内外享有盛誉的大画家，还单独安排了一间画室。徐悲鸿就在天师洞这间画室中根据屈原《九歌》中的诗意，先后创作了《国殇》《山鬼》《湘君》《湘夫人》《东皇太一》《云中君》等一系列作品，并将《国殇》及《山鬼》画成巨幅国画。

徐悲鸿上山后自然要到上清宫去见他的老朋友。遗憾的是，张大千此时正在敦煌临摹壁画，还未回来。道观的人说，不知道大千先生什么时候回青城山。

张大千和徐悲鸿是多年的好朋友，互相都很欣赏对方。徐悲鸿虽然年长张大千几岁，但十分敬重张大千，曾称赞张大千是"五百年来第一人"，评价之高，无出其右。徐悲鸿十分推崇张大千独具个性的创作风格，尤其喜爱张大千的山水、花鸟画。他在《中国今日之名画家》一文中对张大千的评价是："大千潇洒，富于才思，未尝见其怒骂，但嬉笑已成文章，山水能尽南北之变，写莲花尤有会心，倘能舍弃浅绛，便益见本家面目。"

早在1936年春天，徐悲鸿在任南京中央大学艺术系主任时，便热情邀请张大千任教。张大千推辞说自己不会讲课，只会画画。徐悲鸿回应就是要请他去教画。当时张大千居住在苏州网师园，每周坐火车往返于苏州、南京之间。他上课不在课堂上，而是在一间大画室里，画室里有一张大画案，上课时，学生就围着画案看他作画。任教期间，徐悲鸿与张大千曾一起带着学生们上黄山写生。课余，两人常在一起交流绘画心得，由此结下深厚的友谊。

1942年秋，徐悲鸿从印度、新加坡等国归来，在四川筹建中国美术学院，任该学院的院长兼研究员，他曾数次托人带信，欲聘请张大千为该学院的研究员，却未能如愿。

徐悲鸿知道张大千在1938年就从北平逃出来，携家上了青城山，在山上创作了大量以青城山为题材的国画。徐悲鸿这次利用暑假带学生上青城山学习写生，就是希望能和张大千在山上相聚茶叙。遗憾的是到徐悲鸿暑假结束返校，张大千仍未回到青城山。待张大千从敦煌回来，徐悲鸿已带着学生离开了青城山。两位大师就这样在青城山失之交臂。

二人虽然未能在青城山相聚，但徐悲鸿留下一匹"马"，让他们在青城山结下书画情缘。

徐悲鸿擅长画马，他笔下的马无论是追风逐电的骏马还是引颈长啸的烈马，都表现出一种昂扬、奔放、蓬勃的时代精神，具有视觉冲击力、精神感召力，被人称为"悲鸿马"。"悲

《骏马图》（徐悲鸿）

鸿马"的出现在中国画马领域产生了重大而深远的影响，是中国画马史上的里程碑之一。

徐悲鸿要离开青城山了，自然要留下他的墨宝。应青城山祖师殿住持周之冕道长之请，徐悲鸿画了一幅《骏马图》卷轴留赠周之冕。

这幅《骏马图》上的骏马，昂首挺胸，肌肉饱满、骨骼强健，长鬃飞扬，马尾飘逸，突显徐悲鸿精准把握骏马的神态、气势，笔墨潇洒、有力，气韵生动。画上题款：之冕周道兄惠存三十二年秋悲鸿居青城。钤"东海王孙"白文印、"徐"朱文印各一。

张大千回到上清宫后，易心莹告诉张大千，徐悲鸿曾带学生上青城山写生作画月余，住天师洞，曾几次到上清宫访他皆不遇。张大千闻之顿脚叹息。

抗战时期，通信多有不便，加之许多南迁的文化人居无定所，地址不详，即便知道地址，寄一封信短则月余，长则三两个月，甚至半年一年才能到达。张大千一时无法联系到徐悲鸿，听说周之冕留存有徐悲鸿的《骏马图》，便请周之冕取来《骏马图》观赏。果然是一匹"悲鸿马"。张大千在赞赏之余，当即在诗堂正中挥笔题写"是何意态雄且杰"诗句。署：

"张大千题",钤"张爰之印"。"是何意态雄且杰"诗句取自杜甫《天育骠骑歌》:"吾闻天子之马走千里,今之画图无乃是。是何意态雄且杰,骏尾萧梢朔风起。"张大千在这里借杜甫赞天子骏马的诗句来赞徐悲鸿笔下的骏马日行千里,追风逐电,是何等的雄健神骏,虽遇朔风其鬃尾也能竖起,是何等的刚健啊!赞美之意溢于言表。

挥洒自如的书法和飘逸洒脱的骏马呼应成趣,相得益彰。

两位大师的书画珠联璧合,令青城山道观的道众无不击掌赞叹。当即请石匠刻石立碑,置于观中以供游人观赏。

此碑先立于上清宫,后移至都江堰二王庙。时间已过去八十多年了,此碑刻依然完好无损,见证着张大千和徐悲鸿两位大师的书画情谊。

青城南望味江流

1943年夏，张大千结束了在敦煌临摹壁画的工作，转赴安西榆林临摹榆林窟壁画，并在兰州首次举办"张大千临摹敦煌壁画展览"，引起轰动。新闻媒体报道说，这是中国艺术家首次全面揭开了中国敦煌艺术宝窟的神秘面纱，向世界展示了中国古代艺术的魅力。回川后，张大千又应邀在成都、重庆举办了"张大千临摹敦煌壁画展览"。

1943年春夏，张大千一边忙着整理敦煌壁画，举办画展，一边忙着编印《大风堂临摹敦煌壁画》画册。入秋，他才携家人回到青城山上清宫居所，想好好歇息一下，喘口气，再静下来画点画，偿还以前允诺朋友的画债。

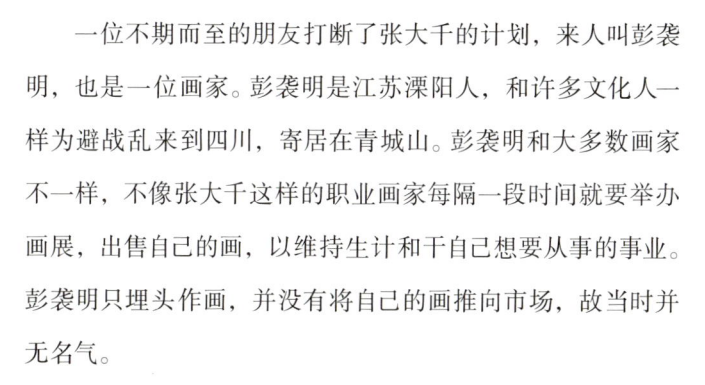

一位不期而至的朋友打断了张大千的计划,来人叫彭袭明,也是一位画家。彭袭明是江苏溧阳人,和许多文化人一样为避战乱来到四川,寄居在青城山。彭袭明和大多数画家不一样,不像张大千这样的职业画家每隔一段时间就要举办画展,出售自己的画,以维持生计和干自己想要从事的事业。彭袭明只埋头作画,并没有将自己的画推向市场,故当时并无名气。

　　说起张大千和彭袭明的相识还有点戏剧性。当时青城山主要道观都在观中备有类似"留言簿"之类的册子,以备来访的文化人留下诗词文章或墨宝。张大千在去敦煌之前,一天和易心莹茶叙,翻看易心莹收集的诗词画作,感觉那些文化人留下的诗词文章大都平平。易心莹见状,从柜子中取出一本小册子递给张大千说,看看这本如何?张大千见小册子封面上并未署名,开始不以为意,便随手翻看,才读几页,顿觉眼前一亮,见文字清新,文采斐然,忙问易心莹:"此为何人所写?"易心莹回答说:"是一位叫彭袭明的寄居客所写。此君不但文章写得好,和先生一样,也是一位画家。"张大千一听忙问:"彭君可在你处留有画作?"易心莹说:"有,我这就取给你看。"张大千看了彭袭明的山水画,感觉笔墨空灵,意境清幽，非同凡响，不由大吃一惊，脱口而出："不信三百年有此人也！"

易心莹见张大千对彭袭明的画作大加赞赏，笑着说："彭先生不光诗词书画高人一等，还是当世之徐霞客也。"说罢又从柜中取出一本小册子递给张大千。"这是道观刚印行的彭袭明所编写的《青城近记》。彭先生客居青城山数年，博览群籍，详加考证，又亲自踏访，几乎走遍了青城山的山山水水，逐一核实了山川行道、名胜古迹，补正其缺，订正讹误，是清人彭洵《青城山记》之后最新最完备的青城导览。"

张大千看了彭袭明的画作，再翻看还散发着油墨香的石印《青城近记》，不觉对彭袭明产生了几分亲近之感，想与彭袭明交朋友。得知彭袭明从不卖画，也不善交际，因而在画坛上名不见经传，感叹道："彭君淡泊避俗，杜绝交接，比之往古隐逸，尤为振奇。"声称彭袭明"江南一支笔，其画必传"。

这段相识经历，四十年后在张大千为彭袭明的画册写的题跋中有记载。

张大千可谓是眼光独到，彭袭明虽然不办画展不卖画，但是许多年以后，彭袭明大美无言，卓然成家。张大千见彭袭明来访，自然十分高兴，一边在画案上挥毫泼墨，一边和彭袭明摆龙门阵，一摆就是半天。张大千有个习惯，喜欢和好朋友一边摆龙门阵一边作画，兴致越高，画画越来劲，画也越出彩。如果遇到不那么舒心的人来访，画了几笔就会把画笔一丢，不画了，回房休息去。

彭袭明见张大千经大漠风沙磨砺的脸上有劳累疲惫的神情，便对张大千说："大千先生，该放松一下了。我带你去一个地方游玩，如何？"张大千问："什么地方？"彭袭明说："天仓峰。"青城山古时曾名"天仓山"，所谓天仓峰，即"青城三十六峰"之谓。张大千哈哈一笑说："我居青城山数年，哪里没去过。"彭袭明说："我听易道长说，先生久慕老人村之名，几次寻访不遇，我可以带先生去天仓峰一位置绝佳之处，鸟瞰后山风景。老人村虽不能近临，却可远观。"张大千一听，来了兴致，几个小孩子听说可以出去游玩，更是欢呼雀跃。这两年张大千忙于敦煌壁画，确实好久没带家人出去游玩了。

于是在彭袭明的鼓动下，张大千和夫人杨宛君领着几个孩子随彭袭明一起去天仓峰游玩。大伙儿在彭袭明的带领下，在山林中攀爬穿行了半天，终于在天仓峰一悬崖峭壁处找到了那个绝佳位置。

青城山远景(罗晓红摄)

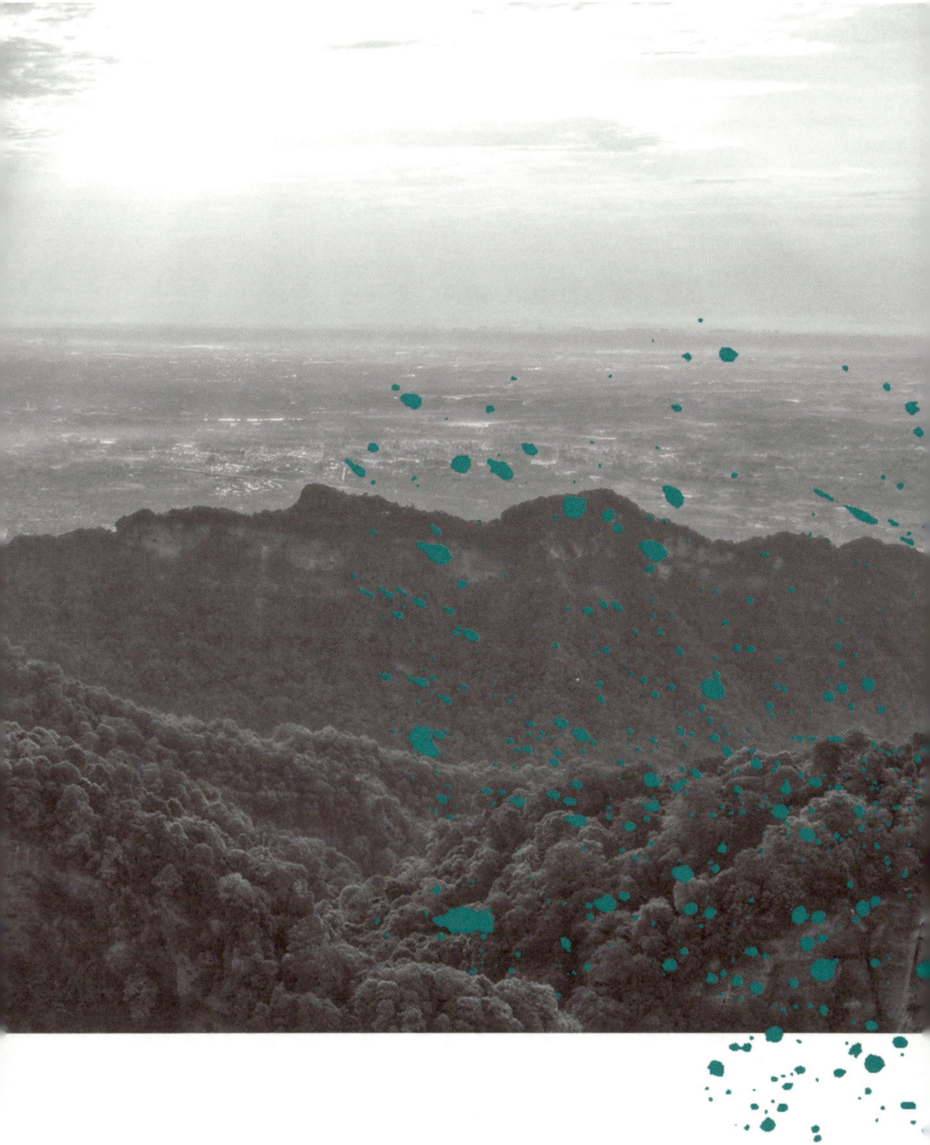

青城三十六峰,处处皆胜景啊。

站在天仓峰纵目南望,寨门、鹿头山、熊耳山、大火地,诸山由近及远,层峦叠嶂,依次展开,由苍翠而渐变为淡绿,隐没于云雾之中。绝壁之下,味江如一条白练,透迤而出,又隐于峡谷之中。烟雨朦胧中,整个景致恰似一幅泼墨山水。

彭袭明指着从远山幽深之处透迤而出的味江说:"去年山民告诉我,从味江泰安往山里走,有一条古时称之为'花坪老泽路'的古道,可达传说中的青城老人村。可惜这条古道早已荒芜,难觅踪影。听易心莹道长说,你到敦煌之前,曾去寻访过青城老人村,无功而返。其实,只要心中有,笔下就有。"

遥望烟雨朦胧中的青城后山,一句"心中有,笔下就有",令张大千茅塞顿开。

从天仓峰归来,张大千抑制不住内心的激动,连夜铺开宣纸,创作出《青城南望》。款识:青城天仓峰南望寨门味江之图。仿董源笔法为之,时甲申六月既望,同儿辈游归并记,弘丘爰。又记:昔居青城三载未尝一览寨门诸胜,顷从敦煌还居上清宫,彭君袭明力怂恿之,始获一游。断岸裁云,颓峰碍日,秀拔雄奇,始莫测,隔江山色自鹿头、熊耳,断堑连冈,起伏变灭,味江缭绕其下,南望目断,不知其极。山川沃壤,襟带形胜，青城名区，殆无过此。烟霞抗志，林薮栖心，慨然有山鹿野麋之志，念烟火事未毕，时复作人间想，山川能说，悚愧何辞？染素抽毫，聊寄永思。钤印：张爰之印、大千、张大千。

《青城南望》作于1944年。后世评论张大千20世纪40年代创作的以青城山为题材的系列山水画，说《青城南望》是他中年时期山水画的一个高峰，也是张大千自敦煌归来后创作的青城山水画中的扛鼎之作。

天仓峰登高望远，给张大千留下了终生难忘的印象，烟雨缥缈中的山景也对他后期创作泼墨山水产生了很大的影响。

1980年，国画大家彭袭明旅居香港，要出一本画册，请张大千先生题跋。张大千虽然很少给朋友出的书作序题跋，但当听说彭袭明这个一生不卖画的老朋友要出画册了，欣然为其题跋，并在文章中详细回忆了和彭袭明在青城山相识相交的友谊。

山石有情留碑刻

张大千一生创作书画作品数以万计，仅在青城山就"半万不敢说，一千多幅是有的"。这些书画作品的原作大多流入市场，或为私人收藏，或为各地博物馆收藏，留在都江堰青城山的已经不多了。又经过特殊年代的折腾，不少书画作品已经散失，仅存的极少数原图真迹，观者是难得一见，更见弥足珍贵。

值得庆幸的是，张大千在青城山留下不少书画碑刻作品，至今保存完好，让广大游客能够欣赏到张大千留在青城山的书画作品。

张大千留在青城山的书画碑刻作品有十余件，目前能供

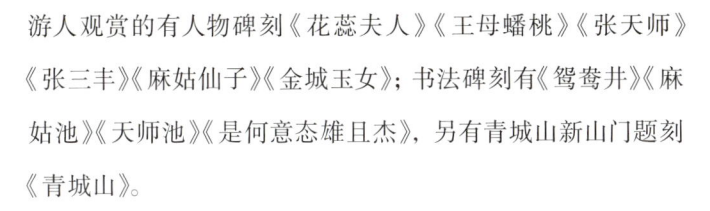

游人观赏的有人物碑刻《花蕊夫人》《王母蟠桃》《张天师》《张三丰》《麻姑仙子》《金城玉女》；书法碑刻有《鸳鸯井》《麻姑池》《天师池》《是何意态雄且杰》，另有青城山新山门题刻《青城山》。

张大千在青城山的书画碑刻，历经八十多年的风风雨雨，能完好地保存到今天，应该归功于青城山道观易心莹、彭鹤年、傅圆天等德高望重、品行高尚的大师，是他们在那个特殊年代有胆有识，用自己的智慧保护了青城山的文物古迹和历史文化。

易心莹是青城山继彭椿仙之后又一位杰出的道教大师，一生致力于建设和保护青城山历史文化遗产，研究和发展道教理论，著述颇丰，主要著作有《老子通义》《老子道义学系统表》《道教系统表》(即老子应化图说)，并作《青城风景导览》《青城指南》《道学课本》《道教三字经》等书。又辑《女子道教丛书》及道教炼丹、养生有关书籍。易心莹先后担任过中国道教协会第一届和第二届副会长，在北京受到毛主席和周总理的接见，并在青城山接待过周总理。

"文化大革命"期间，"破四旧"的狂风暴雨不可避免地刮到青城山上，易心莹听说山东曲阜的孔庙，连孔圣人的石

青城山新山门题刻"青城山"（罗晓红摄）

碑都被推倒,"万世师表"的匾额也被砸烂,且山下的造反组织已经准备上山,要将青城山上的"四旧"统统砸烂。心急如焚的易心莹急中生智,召集各个青城山宫观庙宇的道众,连续奋战了几个昼夜,将青城山上宫观中有可能被视为四旧的壁画、碑刻等不能移动的文物全部用泥巴糊了,粉上白石灰,并用红字写上"最高指示"。造反组织上山后,看见到处都是红彤彤的"最高指示",虽然明知道这些"最高指示"的后面就是他们要砸的"四旧",但面对"最高指示",谁也不敢乱动。张大千的书画碑刻和一大批文物古迹就这样被保护下来了。

据了解,在张大千大量书画作品中,被勒石摹刻的并不多,在张大千家乡内江和成都、重庆等地都留有书画碑刻作品,可惜经过"文化大革命"的风雨,大都荡然无存,只有青城山留下的书画碑刻作品完好无损,这不能不说是张大千与青城山有缘,青城山对张大千有情。

20世纪80年代初,张大千的女儿张心瑞、张心庆和女婿萧建初先后通过在美国的弟弟张心一将张大千在青城山上清宫的旧居和书画碑刻照片及道家拂尘等物件带给张大千。张大千见到上清宫旧居和书画碑刻保存得如此完好,不禁喜极而泣。他知道,经过那个动荡的年月,这些书画碑刻能完好地保存下来是多么的不容易啊。当他得知是青城山的各位道友保护了这些书画碑刻，内心十分感动，他不顾生病住院，眼疾严重，抱病伏案给彭鹤年和傅圆天两位老友作画题诗，给青城山题字，托女儿千里迢迢带到青城山，以表达他对青城山的感激和怀念之情。

对张大千留在青城山的书画碑刻，除已经介绍的，择要对《张三丰》《王母蟠桃》《鸳鸯井》书画碑刻作一简单介绍，以飨读者。

张三丰像碑刻：

张三丰是张大千于1940年所画。

张三丰是宋末元初的道教武当派始祖，名君宝，道号三丰，因祖上为江西龙虎山人，自称为张天师后裔。张三丰是道教中非常重要的人物，不仅开创了道教武当派，创太极拳、内家拳，还著有《大道论》《玄要篇》等道教著作，是道教学者、思想家、丹道学家、书法家、武术家，中国道教武当派开山祖师、三丰太极拳祖师，对道教影响非常大。张三丰丰姿魁伟，大耳圆目，须髯如戟，寒来暑往，只一衲一蓑，一餐能食数升，也能数日不食，异于常人。因其平时不修边幅，江湖人称"张邋遢"。

《王母蟠桃》碑刻（罗晓红摄）

张大千在青城山常与彭椿仙、易心莹、彭鹤年等道友探讨道教哲学和道家养生之道，对道教武当派始祖张三丰也深感敬佩。于1940年为张三丰画像，并由道观立碑。

张大千笔下的张三丰，身穿衲衣，肩背斗笠，脚蹬芒鞋，腰挂葫芦，目光专注于掌心中的一粒丹丸，以形传神，将张三丰的神韵刻画得十分到位。石匠的刀工也十分精细，凸显青城山石匠的手艺。碑上题：三丰祖师像。碑下款识：庚辰二月内江张大千敬写，青城上清宫退居马里乾立石。钤印："爱""三千大千"。

王母蟠桃石刻碑：

王母蟠桃画像碑刻是张大千1944年的作品，也是留在青城山的一件重要碑刻，雕刻在麻姑献寿碑刻的背面。

王母也称西王母，是道教全真派的祖师，又称为金母元君、瑶池金母等。民间习惯称她为王母娘娘，因为《西游记》中王母娘娘举办瑶池蟠桃会，孙悟空偷吃蟠桃而引发大闹天宫，王母娘娘便成了在中国家喻户晓的神话人物。在《山海经》和《汉武帝内传》中关于王母形象的记述，其形象并不光辉。王母的形象在后来的民间神话故事流传过程中逐渐演变成温柔、善良、慈祥的女神，手中的蟠桃更是成了长寿的象

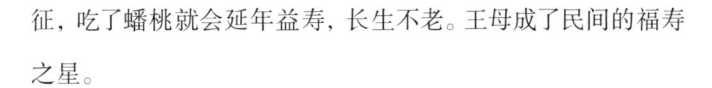

征,吃了蟠桃就会延年益寿,长生不老。王母成了民间的福寿之星。

1938年,张大千偶然看到了唐代著名画家吴道子所画的《八十七神仙卷》,惊叹不已,再结合吴道子所画的《送子天王图》,王母的形象在张大千的眼中逐渐清晰和丰满。自敦煌归来后,张大千画了这幅《王母蟠桃》像。画像中的王母着霓裳羽衣,饰金凤钗、玉步摇,手捧仙桃,仪态端庄,造型优美,被业内评价为所有王母造像中最美的形象。

青城山道观精选石材和刻工,将王母蟠桃像刻石立于上清宫。碑高165厘米,宽89厘米,碑上刻大千题诗:"春宵宫阙,恒辉如银。玉帐高会,王母来宾。左右翠辇,文豹雕麟。丹玉凤履,拖月曳云。长谣始发,兰气凝尘。锦囊秘禁,碧桃长春。"款识:甲申岁七月,张大千画并赞。钤印:青城上清宫篆印。

鸳鸯井书碑:

张大千住的小院在上清宫文武殿旁边,大殿的右边有一对鸳鸯井,一方一圆,两井相距66厘米左右。张大千听彭椿仙讲,这对鸳鸯井大约凿于五代前蜀时期,有一千多年历史了。关于鸳鸯井的传说很多,其中最神奇的是,两口井一方一

《金城玉女》碑刻（罗晓红摄）

圆，虽然近在咫尺，却是一清一浊，一深一浅，一温一凉，旱季不涸，雨季不盈，暗合道家阴阳相生之意。清代进士高薄作《题鸳鸯井》诗一首，点破鸳鸯井的玄机："盈盈双井小廊西，锡号鸳鸯费品题。地面相离刚咫尺，泉源歧出异高低。水源清净无澜起，理有雌雄莫浪迷。寄语栖尊诸羽客，盈虚消息即玄机。"

1939年，即张大千上青城山的第二年，应上清宫道观之请，题写"鸳鸯井"三字，由上清宫刻碑立于鸳鸯井旁。

鸳鸯井书碑高120厘米，宽55厘米，"鸳鸯井"三字左低右高，形似隶书，却又不受隶书规则约束，笔画错落有致，变化多端，隶中带楷，楷中有行，尽显张大千独有的碑书体，揣摩体会，韵味无穷。款识：己卯二月，张大千题。钤"大千"朱文印。

张大千辞世已经四十有年了，借用他在《青城泼墨山水》画上的题诗，改动二字：寰海风光笔底春，看山还是故乡亲。平生梦结青城宅，蜡屐苔痕碑刻情。张大千留在青城山的书画碑刻，已成为都江堰这座三遗之城珍贵的文化财富。

投荒乞食十年艰，旧梦青城不可攀。

村上老人应已尽，含毫和泪记乡关。

十载投荒愿力殚，故山归计尚漫漫。

万里故乡频入梦，挂帆何日是归年。

——《青城老人村》题诗

第三章 万里故乡频入梦

黄沙大漠思青城

张大千自上青城山，便在上清宫的画室中没日没夜地画画，每隔几天就要送一批画到成都装裱，然后举办画展卖画，待去敦煌的费用凑得差不多的时候，便踏上了去敦煌的漫漫路途。张大千第一次出发去敦煌，因途中闻二哥张善孖病逝而中途折返。张大千的二哥张善孖以画虎闻名于世，是张大千走上绘画艺术的引路人。张大千对他二哥非常敬重，所以在听闻二哥去世的消息后非常悲痛，毅然从赴敦煌的途中返回为二哥奔丧。第二年才又偕夫人杨宛君和儿子张心智及学生萧建初等再赴敦煌。

茫茫戈壁，黄沙大漠，环境远比想象中恶劣得多。当地有民谣:"早穿皮袄午披纱,围着火炉吃西瓜。"沙尘暴来时,天昏地暗,吃饭时不小心就会被沙子磕着牙齿。水很金贵,水质差且少,别说洗澡,喝水都困难。杨宛君原本是北平的一个曲艺演员,在大城市过惯了优裕的生活,随张大千到四川后,每天都陪张大千作画到深夜。到敦煌后不适应这里的生活,经常拉肚子,每天早早地就休息了。

张大千原计划在敦煌待三两个月,到达敦煌后,为敦煌巨大的艺术宝藏所震惊,完全沉浸于对敦煌文物艺术的调查、考察,为莫高窟等石窟编号,临摹敦煌壁画精品等繁重的工作之中,并作了长期"抗战"的准备。时间一长,萧建初、刘力上等学生也感到有些吃不消,但看到大千老师"虽九死而不悔"的苦行僧精神,学生们也按下回家的渴望,跟着老师一头扎进敦煌艺术的宝库中。

杨宛君有意见了,她拖着孱弱的身子对张大千说:"我想青城山了。"其实张大千又何尝不想念家乡,想念青城山呢。他对杨宛君说:"我在青城山时就对学生说过,此去敦煌不搞出点名堂来绝不收兵。"杨宛君一听说张大千还要在敦煌搞个三两年,心中一惊,眼中顿时眼泪汪汪。张大千见状,心中不忍,对杨宛君说道:"如果你过不惯这里的生活,可以先

《都江瑞雪图》（胡立）

回四川。可敦煌对我来说,是我的艺术生命。"杨宛君深爱自己的丈夫,她妥协了。

张大千在敦煌临摹壁画,工作非常枯燥乏味。据介绍,张大千在敦煌临摹壁画时,先要将大幅透明纸附在壁画上,依壁画原作用线条勾出壁画初稿,同时在各部位记下原作颜色,然后将此稿纸贴在木框绷着的画布背后,迎着阳光照射,用柳炭条在画布上依稿纸的线条勾出壁画原形,再用墨描,然后依稿上标记,上底色,再将画架抬进窟内,对照原作进行临摹。整个临摹工作主要部分由张大千亲自绘制,次要部分交给他人分绘,最后由张大千定稿。

日复一日的枯燥工作令张大千愈加怀念在青城山的日子。

为解对家乡、对亲人、对青城山的思念之情,张大千在繁忙的敦煌临摹工作之余,画了一幅《梦蝶》花鸟图,题诗:广漠荒荒万里长,黄沙白草剧堪怜。从知蜂蝶寻常事,梦到青城古洞前。又跋:辛巳(1941)夏来敦煌,忽忽四月矣。每思青城旧游,辄有梦为蝴蝶之感。大千居士爰,时重阳前三日也。

1942年初,张大千老友赵守钰六十大寿,因为张大千到敦煌临摹壁画,曾得到赵守钰的大力帮助,张大千要送一幅画作为寿礼。画什么好呢?有学生建议画一幅松鹤图,松鹤延年嘛;夫人建议画一幅寿仙图。祝寿嘛,寿仙图自然最合适。张大千说:"我们从青城山下来到敦煌,出来这么久了,想必大家都想念青城山了。我今天就画一幅青城山的吧。"众人齐声说好。于是磨墨的磨墨,展纸的展纸,张大千精心画了幅山水长卷,将青城山美景尽情铺展在宣纸上,题名《青城瑞翠》。众人看了这幅青城山水画,仿佛又回到了青城山的山水之间。杨宛君看着看着,不觉眼泪汪汪,还真有点舍不得送出这幅画了。赵守钰看到这幅长卷,大喜过望,如获至宝,曾为此大宴宾客,公开展示这幅《青城瑞翠》,与大家一起分享。

这幅《青城瑞翠》给西北大漠带去了青城山的翠绿清秀。

冬天,敦煌的天气特别冷,冰冷的洞窟是待不下去了,张大千和学生们只能在屋里凭借平时在洞中画的草稿进行临摹工作。屋子里生着火,屋外已是滴水成冰。吃饭的时候,张大千看着大碗中堆放的牛羊肉对大家说:"你们知道我现在最想吃的是什么?""是什么?"大家反问道。"我最想吃的是青城山下的豌豆尖。那豌豆尖绿得发翠,嫩得出水,往那汤锅里这么一涮,啊哟喂,那鲜嫩清香就不摆了。"一席话又勾起了大家的思乡之情。

张大千敦煌临摹壁画,曾作《巴蜀胜景册页十幅》,内中

洗心池（罗晓红摄）

收进了青城山风景。他在一幅《异鸟图》上题字:"昔居青城,每霜叶红时,辄有异鸟翔集林间,鸣声闲婉,翅尾嫣红如燕支。询诸土著,多不识名。有老道士告予,此红衣画眉也。五代蜀王衍游青城,宫人衣服俱画云霞,飘然若仙。衍作甘州曲,述其仙状。上下山谷,衍常自歌,使宫人和之,鸟盖宫人所化也。壬午(1942)冬日,蜀郡张大千爰写于漠高山下。"

张大千先后在敦煌两年多时间,临摹了276幅敦煌壁画,取得了巨大的成功。其间也画了不少的画,其中有许多都是思乡之作,尤其是对青城山山水,他不吝笔墨,画了不少佳作。1943年末,张大千结束了在敦煌的临摹工作。

从敦煌载誉归来的张大千,并没有因铺天盖地的声誉而陶醉,上了青城山,先来到"洗心池",掬一捧池中清冽的山泉水,洗却一段时间来都市的热闹与浮华,一头扎进上清宫的画室,创作了《青城山十景》《宋人觅句图》《翠竹仕女图》《红叶小鸟图》等佳作。

此次西北归来,张大千还将他从天水带回来的十多只红爪玉嘴鸦放入了上清宫林中,让其在青城山繁衍生长,以添"鸟鸣山更幽"的情趣,并作《红叶小鸟图》,题诗:"槲树双猿易元吉,梨花鸠子云溪翁。解道青城好颜色,玉山照耀晓霞红。"并跋:"坐第一峰亭子,东观日出,西望雪山,郁为双绝,漫以此画代之弘公。"又记:"青城槲叶未霜先红,烂若朝霞,以予所养白玉鸠立于枝头,粉光霞彩相映,带如观滕昌佑画图。惜岭梅未来为我写真,拈笔记此,有愧传神。甲申立秋,大千张爰。"

张大千还带领几位夫人和孩子及学生,在上清宫附近种植了许多梅树,修建了"梅亭",为青城山增添了美景。

八德园,绵绵不尽的乡愁

张大千到巴西虽然有些时日了,但几十年来形成的作息习惯一时半会儿还调整不过来时差。这天晚上画画至深夜,上床休息时还有些兴奋,早上吃了早饭却又感到有些困倦,接连打了几个哈欠。夫人徐雯波看见了,便对张大千说:"走,到外面去散散步,呼吸点新鲜空气。"说罢便挽着张大千的胳膊走出屋子。

张大千在巴西居住在圣保罗附近的摩基达斯克鲁易斯市,这里地形平缓,阡陌纵横的田野上,有竹林农舍散布其间,不时有袅袅炊烟升起,鸡鸣犬吠声把张大千的思绪一下带到了在成都居住的时候。"雯波,你看这里像什么地方?"张大千指着眼前的景致突然问徐雯波。徐雯波说:"有点像我们的成都平原。"张大千点点头:"嗯,就是像成都平原。"他回头望着夫人说:"喜欢吗?喜欢我们就在这儿买块地,建一座园子居住。"徐雯波听了自然非常高兴,连声说好。

于是张大千便从一个意大利商人那里买下一块地皮,修房建园,取名"八德园"。

对八德园的名字,有一种说法是与庄子思想中的"八德"有关。据说是张大千曾长期居住在青城山上清宫,受道教《道德经》的影响,崇尚道家的道德观念,老庄思想中有"有左有右、有伦有义、有分有辩、有竞有争"之"八德",因而张大千将园名取为"八德园"。还有一种说法是与园中的柿子树有关。据说张大千在修建八德园时,曾指着园内的几株柿子树说:"唐代段成式小说集《酉阳杂俎》中说,柿有七德,一长寿,二多阴,三无鸟巢,四无虫,五霜叶可玩,六嘉实,七落叶肥大可临书。近来劳作之余,翻看医书,才知道柿叶煎水可以治胃病。柿子树岂不是八德吗?"故取名"八德园"。

八德园的名字怎么来的不重要,重要的是怎么修建这座占地220亩的园林。

家乡暂时是回不去了,他要在此复制一个具有川西特色

《长江万里图》局部（南宋·夏圭）

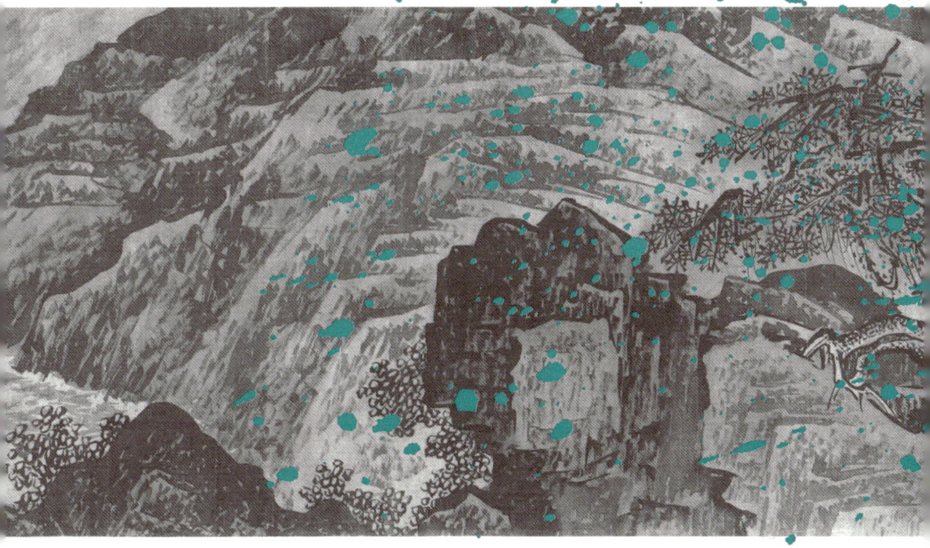

的园林并准备长期住下去。张大千毕生精力专注于画画,对于画画之外的事情一般是不大过问的,但修建八德园,可是倾注了他大量的心血,不仅总体布局他要亲自过问,更在细节规划上要求体现青城山的园林特色,园中的一草一木、一石一画,皆是由张大千布置,他把对家乡的思念,对绘画艺术的追求,全投入到了对此名园的设计与布置之中。在八德园中,到处都可看到青城山水的影迹,连楼台亭阁都有许多是以青城山上的亭阁名字命名。张大千说:"治园如作画,不肯轻下一笔。"园中的树木花草"必故国所有者植之","居室无藻饰,但取其适。画室则力求其广,空阔如禅房斋堂"。按此要求,张大千在园中盖了一幢中国式的两层楼房,取名为"大风堂",并将内江老屋的一副对联写好后挂在画室门枋上,精心营造出一种四川故乡的环境。

张大千在八德园居住了约17年,创作了不少经典作品,其中许多作品是以青城山为题材的。他以四张丈二的宣纸合成一屏,画成了一幅巨型的《青城山全图》,以寄托他强烈的思念之情。张大千还连续作了几首诗,以此来抒发他浓郁的乡愁,其中《怀乡》诗云:"不见巴人作巴语,争教蜀客怜蜀山。垂老可无归国日,梦中满意说乡关。"思乡之情跃然笔端。

张大千居住在八德园期间，独创的"泼墨""泼彩"绘画技法，成为他绘画艺术风格大转变的一大特征。张大千受唐代画家的启发，将水墨和颜料泼洒在纸上，当然，这不是随意的泼洒，而是建立在他扎实的工笔青绿山水画基础上，是对所要画的作品早已成竹在胸，做到了泼而有法、泼而不乱，然后用画笔对泼洒在纸上的水墨和颜料进行造型和点染，幻化成奇妙的山水风光。

1962年，张大千在八德园用泼墨、泼彩技法创作了巨幅《青城山通景四条屏》。

全画采用半画半泼，既有皴擦，也有泼墨，是他风格变化的一种初步尝试。整幅画气派宏大，烟雨朦胧之间三十六峰耸立，浓墨泼染出奇峻的山崖，淡墨渲染出缥缈的云雾，浓淡水墨之间，很好地展现了青城这座道教名山的仙道之神韵，也充分展现了张大千精湛的画艺和深邃的空间想象力。整幅画笔墨泼洒自如，酣畅淋漓，打破了中国画传统的严谨。以此为发端，张大千后期的"泼墨""泼彩"绘画技法使他的绘画艺术又达到了一个新高度。

《青城山通景四条屏》画上钤了非常有意思的一方印章："家在西南常作东南别"，是张大千把自己寓居海外，想念远

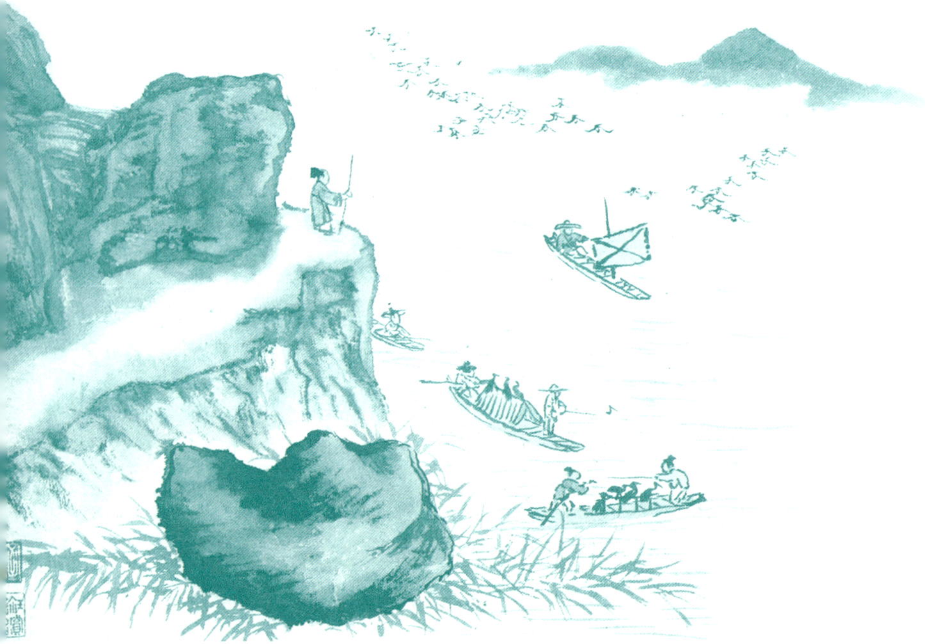

在西南家乡的那份思乡之情寓于印文之中，把自己的精神归宿投向在万里之遥的青城山。

20世纪60年代初，张大千从八德园前往欧洲举办画展，他在巴黎一位朋友处见到一幅自己早年在青城山上清宫画的一幅旧作时，画面上的蜀山蜀水再次触动了张大千的思乡之情，在征得朋友的同意后在画上题诗："瀑落空山野寺颓，青城归梦接峨眉。十年故旧凋零尽，独立斜阳更望谁？"思乡之情，青城之恋，已经成为张大千的重要精神支撑。次年，张大千返回巴西八德园家中，构思创作了巨幅国画《青城全景墨笔山水》，在这幅画中，张大千以一种全新的技法，酣畅淋漓地倾吐自己对青城山的热爱和思念。张大千对这幅饱含思乡之苦的杰作非常满意，他将这幅画寄赠给台湾的朋友，一经展示，立刻在台湾引起轰动。这幅画也成为张大千的经典作品之一。

步入老年的张大千愈发地思念远在地球另一边的家乡和亲人。张大千常常面朝大海默念着明朝诗人杨基的《长江万里图》诗句："我家岷山更西住，正见岷江发源处。三巴春霁雪初消，百折千回向东去。江水东流万里长，人今漂泊尚他乡。烟波草色时牵恨，风雨猿声欲断肠。"《长江万里图》一诗是号称"吴中四杰"的明朝诗人杨基在看了南宋画家夏圭画的一幅《长江万里图》后,因思念家乡而写的一首七律。诗中说的岷山正是张大千居住了几年的青城山所在地,而诗中"江水东流万里长,人今漂泊尚他乡"的怀乡之情更是勾起了张大千内心的同感,禁不住乡愁涌上心来。

在越来越浓烈的思乡之情下,一幅《长江万里图》的长卷在张大千心中徐徐展开。

长江和黄河,作为中华民族文明的摇篮,孕育了华夏五千年的文明,那种融进血脉的情感,无论你走得多远,都会时时萦绕在你的梦中。所以几千年来,当人们怀念故土,寄托乡愁时,诗词书画中都会看见长江和黄河的身影和游子绵绵不尽的思念。

从哪里起笔呢?当然是从他日思夜想的都江堰青城山。在八德园,张大千费时18天,创作了《长江万里图》长卷。张大千在这幅长卷之中,以青城山都江堰为源头,卷首是青城山下奔腾的岷江,江上是荡悠悠的索桥,江两岸是雄峻的大山。接着,画卷上的江水奔流而下,穿三峡,越夔门,过江陵,经宜昌、武汉、庐山、黄山、芜湖、南京、镇江,至上海出海。山势与河流蜿蜒交错,高山与平陆前后交替,山城水廓次第衔接，云雾和风帆交相辉映，辽阔江天，一泻千里，最后投入大海的怀抱。此长卷约二十米，画面布局宏大，气象万千而又浑然天成，不仅显示了张大千深厚的功力，也表现了其气吞山河的胸怀与气度。在《长江万里图》长卷中，为什么张大千选择了都江堰、青城山、安澜索桥等作为长江的起点，不言而喻，这既饱含了张大千对故乡矢志不渝的爱恋，也表达了他内心的一种精神皈依。

1968年6月29日，《长江万里图》长卷在台湾历史博物馆展出。展出的第二天，有六千多名观众入场参观，其中不少参观者是从内地到台湾的同胞，许多人看得热泪盈眶，"看山还是故山亲"的心情溢于言表。

《长江万里图》这幅山水巨构是张大千山水画中的巅峰之作，是他艺术生涯中最重要的作品之一。

把青城山搬到美国去

张大千一家居住在八德园时,随行带有一个川菜厨师叫杨明。杨师傅烧得一手正宗川菜,回锅肉、麻婆豆腐、鱼香肉丝这些川菜简直不在话下。夫人徐雯波是成都人,杨师傅做的川菜也很合夫人的口味。杨师傅在八德园一干就是十来年,不时与张大千交流,技艺日精,很得张大千一家人的信任和喜欢。

张大千初到南美,先是在阿根廷滞留了一段时间,后又迁居到巴西。张大千居住在这里,说川话,吃川菜,看川景,倒也有几分惬意。八德园是张大千在海外居住时间最长的一个地方。

然而好景不长。一天,学生孙家勤来告诉张大千,圣保罗市政府要在这里修建一个水库,八德园正处在库区范围,八德园可能保不住了。张大千一听,好生难过,忙托熟人前去打听,果然如孙家勤所说,市议会已通过修建水库议案,八德园已列入搬迁名单。

这天吃过晚饭,张大千找来杨明,把八德园将要拆迁的消息告诉他,问他有何打算。杨明知道张大千已有到台湾去的想法,可他又不愿意到台湾,虽然对张大千一家有些不舍,但他想了想,对张大千说:"八先生,我准备到美国去开个川菜馆,您看如何?"张大千虽然对杨明也有些不舍,但也不好勉强,就说:"好啊,凭你的手艺,到美国一样吃得开。"

张大千在八德园居住期间,先后在美国举办过几次画展,在美国产生了巨大的影响,在华人中更是有名气。美国《纽约时报》《华盛顿邮报》等主要新闻媒体都在重要版面上刊登了张大千的大幅照片和作品。张大千只要到美国,总有许多朋友前来拜访,餐桌上常常是高朋满座。张大千的这些朋友哪个不是吃过山珍海味的,他们的口味刁钻得很,但吃了杨明做的川菜,一个个都赞不绝口。看画展饱眼福,吃川菜饱口福。

许多人不知道的是,其实杨明的川菜手艺有好多都是张大千传授的。张大千还是美食家,且做川菜的手艺也是一流。在巴西,由于正宗川菜作料不易得到,张大千甚至不惜花大价钱,托朋友从国内运了几个四川泡菜坛子到八德园做泡菜。川菜业内有句话是"郫县豆瓣是川菜的魂,泡菜是川菜的骨,做川菜哪里离得了四川泡菜呢"。杨明在张大千的指点下,川菜手艺远近闻名。有朋友戏谑说,大千先生如果在美国开个川菜馆,一定和他的画一样热卖。张大千也曾毫不客气地对他的学生说过,他做菜的手艺比他画画的手艺好。

当时海外华人中流传着这样一句话,但凡有华人居住的地方,一定有川菜馆。可见川菜在海外影响之大。张大千知道杨明有这个实力,就支持他到美国开川菜馆。张大千说:"开餐馆如果缺钱,你跟我说,我支持你。"

杨明忙摆手说:"不,不缺钱,就是想请八先生……"

张大千见杨明欲言又止的样子,就说:"说嘛,有啥子困难?"

杨明说:"我想请八先生给我的川菜馆起个名字。"

张大千捋着他的大胡子哈哈大笑:"我以为有什么难事呢。"略一思忖便脱口而出:"青城山!对,叫青城山川菜馆。"

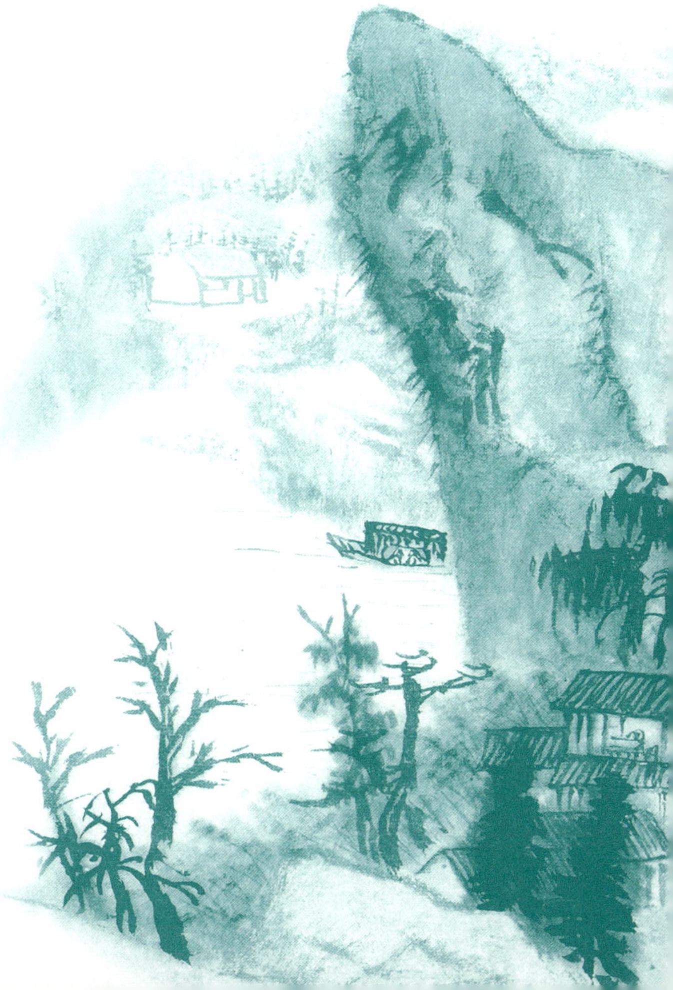

徐雯波也觉得这个名字好,有川味。

张大千当即拉着杨明的手说:"走,我这就去给你写个店招。"走进画室,张大千铺开宣纸,饱蘸浓墨,一挥而就,写下"青城山川菜馆"几个大字,落款为"蜀人张大千"。

不久,杨明的"青城山川菜馆"就在旧金山热闹的唐人街开张了。

因为八德园要拆迁,张大千决定暂时搬到美国加州居住,他在美国修建了一处住所,取名"环荜庵",后又建了一处小型居所,取了一个比较幽默的名字"可以居"。

一天,张大千给杨明打电话,询问他青城山川菜馆的生意怎么样了。杨明告诉他,生意还不错,只是许多来饭馆吃饭的人不知道青城山在哪里,问他为什么要取"青城山"这个名字。张大千听了又是哈哈大笑:"这有何难,我再给你画一幅青城山胜景图,把青城山搬到美国去,让他们见识见识青城山的美景,他们就知道为啥你的川菜馆要取名青城山了。"

张大千自诩为"青城客",青城山水早已融入了他的血脉之中,每当要画青城山水时,他便有一种不可名状的兴奋和冲动。张大千在案头铺好宣纸,徐雯波在一旁磨墨。张大千舞动画笔,一幅青绿山水的《青城山》很快就涌出笔端。铃印：大千居士，青城客。画送到了杨明的手中，杨明立刻请了唐人街最好的装裱师装裱好挂在餐馆的大堂里。

其时张大千的名声正如日中天，他在美国的画展不仅门票贵，且一般展览都只有几天或十天半月的展期，很多喜爱张大千的人常常因为不能目睹张大千的画作而遗憾。杨明的青城山川菜馆自挂上张大千的《青城山》山水画，食客们不仅可以一边品尝中国川菜的美食，一边还可以近距离观赏张大千的画作。一时间这间开在唐人街的青城山川菜馆火爆了，不仅附近的华人喜欢来就餐，就连美国人也来了。

杨明晚年时回忆说："我的川菜馆之所以能在美国火爆，是因为八先生把青城山搬到了美国。"

国宝回归之谜

故宫博物院馆藏文物中有一件国宝级文物《韩熙载夜宴图》,珍贵至极。这件国宝级文物之所以能安然无恙地被收藏,和张大千还有一段不解之缘。

张大千1938年至1944年先后在青城山上居住了几年时间,创作了大量的国画,其画上钤印除了使用"蜀人张爰""大千居士"等印章外,几乎都有"上清寄居"或"青城客"的钤印。从印文上的字来解读,张大千还是有青城山虽然好,我只是客人,上清宫的居所虽然好,我只是客居的想法。很多人都有一个疑问:张大千有那么大的名气,他的画那么值钱,为什么人到中年了还居无定所,还在"上清寄居"?

确实，张大千一直就处于寄居状态。年轻时从四川到上海学习画画，就寄住在上海西成里16号；1921年借寓石门二路158号李家研习书画；1928年移居浙江嘉善，借住在好友寓所"来青堂"；1932年举家迁居苏州网师园；1936年迁居北平，安画室于颐和园听鹂馆；1938年为避战火逃出北平回四川，上青城山开始了"上清寄居"生活。其间，先后借住于成都好友严谷声家，租住郫县（今郫都区）太和场钟家大院，成都昭觉寺等处。

中国人讲究安居乐业，张大千又何尝不想有个属于自己的安逸居所？张大千年少成名，在上海时即有"南张北溥"的名声，在北平时，他的画已经跃居书画市场的前几名，一幅画即可买一套住宅。但张大千素来喜欢收藏古画，尤其是像石涛、八大山人的作品，他从来是不吝金钱，只要看上了，就要千方百计收入囊中，为此常常举债。有人戏称张大千是最富有的穷人。

张大千一生娶有四位夫人，有十几个孩子，加上保姆、厨师、装裱师、随从和几个长期跟随他学习的入室弟子，一大家子二十来口人，当然需要一处宽敞的住所。几位夫人更是常在他耳边叨咕，想要一个安定的居所。

《韩熙载夜宴图》局部（南唐·顾闳中）

熙載風流清
為天官侍郎以
俙蕩時論所誚
皆著此圖

张大千自1938年上青城山,潜心作画数以千计,也积蓄了一笔资金。1945年抗战胜利了,张大千到北平准备画展。在北平,张大千看上了一处清代王府大院,便准备用这笔为数不小的钱将这座王府大院买下来,给几位夫人和孩子们一个安定的家。

几位夫人和孩子们听说张大千要在北平买一座清代王府大院,自然十分高兴,都期盼着早点有一处属于自己的宅院,从此结束寄居生活。

一天,张大千来到琉璃厂古玩一条街,当他溜达到玉池山房古玩铺门前时,碰见古玩店老板马霁川。马老板知道大名鼎鼎的张大千不仅是个大画家,还是个出手阔绰的收藏家,便满脸笑容地把张大千迎请到室内,从一个古旧的紫檀木柜中取出一卷古画,小心翼翼地展开在张大千面前。张大千看了古画一眼,顿觉眼前一亮,露出极为惊讶的神情,这不就是南唐著名画家顾闳中的《韩熙载夜宴图》吗?张大千仔细地看了又看,确信为宋代摹本真品,上面还有清乾隆皇帝的题签和钤印。年轻时就以模仿石涛古画以假乱真的张大千,对古画有极高的鉴赏能力,在确认这幅《韩熙载夜宴图》就是传闻已久的宫廷珍藏后,心脏怦怦乱跳。他问马老板,真有意要出让这幅古画。马霁川点点头说:"逢真人不说假话,这幅《韩熙载夜宴图》只有您老才配收藏。"并坦言相告,非500两黄金不能出手。500两黄金,换成纸币,那得要几辆汽车来装啊!张大千告诉马霁川说,容他考虑一下,便离开了玉池山房古玩铺。

其实张大千已经没啥可考虑的了。清代王府大院可以不买,这《韩熙载夜宴图》不能不要。

《韩熙载夜宴图》这幅古画在中国美术界和收藏界的地位可谓是至高无上。此画深藏皇宫之中,许多人是只闻其名,不见其貌,以能一睹其尊容为幸事。这幅画的画家顾闳中,是南唐翰林画院待诏。画中主人公韩熙载(902—970),北海(今山东潍坊)人。唐朝末年,出身名门望族的韩熙载荣登进士第,以擅长文章书画名震一时,后来由于其父韩光嗣因事坐诛不得不从北方逃奔南方投顺南唐。在南唐,韩熙载以其博学多识和突出的政绩先后担任吏部员外郎、中书侍郎、兵部尚书等显要职位。

南唐后主李煜继位,这位南唐皇帝搞文艺是一把好手,管理国家却是外行,他既想任用韩熙载为宰相辅佐自己,又顾忌韩熙载是北方人而心存疑虑。于是在韩熙载宴请宾朋时，李煜便派遣翰林画院待诏顾闳中与周文矩深夜潜入韩宅，察看其是否在宴请中有朋党之嫌。韩熙载知道自己表面上颇得南唐王朝厚恩，事实上并没有获得真正的信任。因此，韩熙载为了避免遭受无端构陷，便开始在生活上放荡不羁，纵情酒色，以此来蒙蔽朝廷耳目，麻痹南唐后主李煜，以期避祸。顾闳中将在韩宅中看到的夜宴场景，通过绘画的方式来向李煜报告，无心插柳竟成就了一幅惊世奇画《韩熙载夜宴图》。

《韩熙载夜宴图》历经朝代更迭，最后进入清宫内府，酷爱书画鉴藏的乾隆皇帝视为珍宝，题文钤印，一直珍藏于皇宫中。

1924年，逊位的末代皇帝溥仪在出宫时偷运了原清廷皇宫内收藏的诸多书画珍品，其中就包括这幅《韩熙载夜宴图》。这幅画后来散佚民间，不知所终。坊间对此画的传说众说纷纭，稍有线索，书画爱好者、书画商、收藏家，各路人马便纷至沓来，以期得到这幅宝贵的古画。再后来，连国外的文物贩子也闻讯而来。一时间，围绕着这幅古画暗流涌动。张大千怎么也没有想到，在琉璃厂玉池山房古玩铺老板马霁川这里与《韩熙载夜宴图》不期而遇。马霁川是书画收藏界有名的大佬，和书画界的各路大咖都熟，他知道这幅画的来头和价值，也知道张大千视古画如命，所以开口就是500两黄金。

《潇湘图》局部（五代南唐·董源）

500两黄金，抵得上一座清代王府大院啊，放在任何人手中都得掂量掂量，可张大千毅然放弃了购买清代王府大院定居北平的计划，用原本打算购买王府的500两黄金，从马霁川手中购买了这幅传奇古画。喜获《韩熙载夜宴图》后，张大千一连几天闭门谢客，潜心研究，还专门刻制了一枚"南北东西常相随难分离"的印章盖在画卷上，以表达自己对这幅古画的珍爱之情。

张大千与"王府"失之交臂，却喜获《韩熙载夜宴图》，回到成都，再次开启了他的"上清寄居"生活，夏秋时上青城山避暑画画，冬春季节有时住在好友严谷声家，有时租住在郫县太和场钟家院子，有时寄住在成都昭觉寺。

1949年12月，张大千乘飞机离开内地，由于只有三张机票和受搭载行李重量所限，张大千只带走了徐雯波和女儿心沛及少量藏画，其中就有《韩熙载夜宴图》。他在敦煌临摹的大量壁画和藏品只得留在家中。1952年，张大千举家迁往南美阿根廷，为筹集资金，准备出售自己收藏多年的部分书画。闻讯而来的书画商中有不少外国商人，他们就是冲着《韩熙载夜宴图》而来，欲出高价从张大千手中购得此名画。张大千此时急需资金，但他知道，一旦将《韩熙载夜宴图》出让给外国商人，国宝将从此流落海外，难有归国之日。如此，他张大千将成祖国的千古罪人。万全之策还是通过"出售"的方式将这件国宝交给国家。于是,张大千便将自己这一想法通过朋友透露给内地有关人士,希望自己收藏的《韩熙载夜宴图》能够回归祖国。

张大千的好友徐伯郊也是著名的书画收藏家,张大千在香港时常得到徐伯郊一家的照顾,关系自然非同一般。张大千便通过徐伯郊以两万美元的低价将《韩熙载夜宴图》卖给一位神秘的"收藏者",同时出让的还有五代南唐董源《潇湘图》和元代方从义的《武夷放棹图》两幅古画珍品。听闻此事的业内人士无不感到惊讶,以张大千的名气和这几幅古画的价值,若是放在香港、伦敦或纽约拍卖市场公开拍卖,那将是怎样一个天文数字啊。但如果真是在拍卖市场公开拍卖,花落谁家,那就不好说了。也许,这些国宝至今还在国外。

改革开放前,在那个特殊年代,由于张大千的特殊身份,关于这件事的来龙去脉似乎还是个禁区。近年来随着改革开放的深入发展,国宝《韩熙载夜宴图》回归祖国的过程逐渐浮出水面。

原来张大千托朋友透露"出售"《韩熙载夜宴图》的消息传递到时任文化部文物局局长的郑振铎那里,郑振铎得知这一信息后,立即向周恩来总理作了汇报,并建议国家回购这

《武夷放棹图》（元代·方从义）

幅具有重大历史与艺术价值的国宝级画作。一贯重视国家文物事业的周总理随后作出批示，同意回购，并在北京召见了徐伯郊，亲自部署由他与张大千直接协商有关回购事宜。领受这一秘密任务后，徐伯郊返回香港便拜访了张大千，将有关领导的意见告诉了张大千。张大千在港期间，生活工作上得到徐伯郊一家多方关照，与徐家私交甚好。两人协商后，终于想出了一个安全稳妥的方式，那就是先由张大千以低价将《韩熙载夜宴图》与五代南唐董源的《潇湘图》、元代方从义的《武夷放棹图》转让给一位可靠友人，并明确要求这位友人必须将这三幅画转让给文化部文物局。一切协商妥当之后，郑振铎在周总理的亲自安排下赶赴香港，以不足原价数额十分之一的两万美元成功地回购了这三幅国宝级古画。换句话说，张大千是将《韩熙载夜宴图》等三件稀世国宝以一种特殊的方式捐赠给了国家。

　　国宝《韩熙载夜宴图》回归祖国，最终被收藏在北京故宫博物院，成为镇馆之宝。据专家估价，《韩熙载夜宴图》市价在百亿元以上。其实，一件国宝岂是能用金钱来估值的，它是无价的。

写满乡思的红叶小鸟

1949年末,张大千偕徐雯波依依不舍地离开成都,透过飞机的舷窗,望着渐渐远去的青城山状如城郭的山峦,山峰背后是白雪皑皑的岷山,想到在霜风中逐渐凋零的红叶,心中不禁充满了惆怅。

离开内地后,张大千和徐雯波辗转来到印度北部喜马拉雅山麓的大吉岭。在大吉岭,张大千一边观摩印度壁画,一边进行创作。1950年8月,正是大吉岭秋高气爽的季节。张大千和徐雯波漫步在大吉岭,看到满山红叶,不禁思念起青城山的红叶和小鸟。青城山的红叶红得较早,也许是离雪山太近,入秋便开始渐渐变红,到仲秋时节便在苍翠的山林中似燃起熊熊的火焰,甚是壮观。那从千里之外的甘肃天水带回来的红爪玉嘴鸦呢?还有人给它们投食吗?到了冬天,上清宫的梅树就开始吐蕊,梅花开放的时候,夫人总会折上几枝带回画室,插在花瓶中,那满屋子的清香沁人心脾啊!

回到寓所,张大千便在案头铺开宣纸,画了一幅《红叶小鸟》,题诗:夺眼惊秋早,熊熊满树翻。坐花苏病客,溅血泣孱魂。绛帐笙歌隔,朱楼燕寝温。青城在万里,飘梦接灵根。并跋:庚寅立秋后二日,小步岭头,红叶一株,朱熊熊如火齐。青城樟楠之树多有未秋先红者,因写图,并拈四十余字记之,客大吉岭。

秋天,青城山林中大片大片的红叶如怒放的火焰,给苍翠清幽的青城山增添了一抹暖色。红叶中彩蝶飞舞,让张大千喜不自禁,挥笔画下《青城山红叶彩蝶图》。

红叶林间有小鸟啁啾,张大千作《红叶小鸟》图一幅。

1941年春,张大千在甘肃天水,得友人赠送红爪玉嘴鸦十多只,爱不释手,要将其带回青城山。夫人劝他,甘肃天水到四川青城山,远隔千山万水,交通不便,车马劳顿,人尚且不堪劳累,何况是几只小鸟,怎么携带?同行的学生也帮着夫人劝他,不要劳神费力去做这件吃力不讨好的事。这十多

此與前幅俱有緝熙殿寶當為宋高宗內府所藏

有蝴蝶
食譬如
鷸蚌爭
迤使漁
人得
鶴道人戲
題

《草虫花卉图》（五代·黄荃）

黄筌字要叔成都人刁霙士人蜀授之竹石花崔又學絲位李昇曲盡其妙没主畫命時花竹嘗命模殿壁兎雉一肖真此幅寫萃藐備挺生動

五代黄筌寫生花卉

只红爪玉嘴鸦,爪子通红,喙白如玉,张大千是越看越爱,他不顾众人反对,专门为这十多只红爪玉嘴鸦做了几个鸟笼,千里迢迢将它们带回青城山,放归山林。

红爪玉嘴鸦放归上清宫山林,更增添了张大千笔下青城山"鸟鸣山更幽"的意境。张大千再以"红叶小鸟"为题,以青城红叶与红爪玉嘴鸦搭配作《红叶小鸟》四条屏和《红叶小鸟》立轴。自此,张大千几乎每年都要以"红叶小鸟"为题材创作,画了大量的青城红叶小鸟图。

1946年作《红叶幽禽》,画面上一只小鸟站立枝头,驻足远眺,枝上红叶用精细笔画勾成,红叶上虫噬残缺,观者如临其境。款识:秋思婆娑近已疏,乍寒况是夕阳余。两三如醉霜前叶,得似坡公觅酒初。丙戌嘉平昆明湖上,偶忆青城山中樟漆树,未秋先红,璀璨如锦,辄复写其胜概并拈小诗。蜀人张爰大千父。钤印:张爰之印、大千居士。

1949年,张大千将要离开内地时,再作《红叶小鸟》图,款识:偶读画传为黄荃《蜀江秋净图》。拈笔以滕昌祐笔法,写青城秋意,时方将出南北。乙丑七月,大千居士张爰。钤印:大千居士、张爰之印。眷恋青城红叶之情跃然笔端。

1949年末,张大千离开内地后,每当秋季来临,看到红叶便想到青城山，常常会展纸挥毫，画上一幅"红叶小鸟"，题上几句诗，以慰乡思。

1978年8月，张大千举家由美国迁居台湾双溪"摩耶精舍"，隔海相望，"故国山川频入梦"，红叶小鸟寄乡思。晚年的张大千因眼疾而眼力大不如从前，画法基本上用泼墨泼彩，但仍然坚持每年用精细的笔触画"红叶小鸟"。1982年，已经八十三岁高龄的张大千已经走到生命的最后时间，他仍然放不下他的"红叶小鸟"，画了一幅题款为"萧疏红叶艳如花"的《红叶小鸟》图。

张大千一生不知画了多少花鸟图，而"红叶小鸟"这个题材自张大千1938年秋冬上青城山后便不断出现在他的画作中。

不久，张大千又在《仿赵大年水村图》上题诗："清泉石罅咽轻流，晓霭林边接远眸。绛黛山峦秋欲晚，青城回梦旧林丘。"

摩耶精舍的四川泡菜坛子

大凡到台湾旅游的文人墨客，一般都要慕名到位于台北市郊外双溪的摩耶精舍去参观。摩耶精舍是张大千晚年从美国回台湾定居，亲自设计建造的一座中式庭院，1976年开始修建，1978年建成入住，也是他生前的最后一处园林住宅。园中遍植各种花木、盆景，有小桥流水，曲径通幽，小巧而精致。参观者在这里不仅可以观摩张大千《晴麓横云》《秋山图》《水竹幽居》《湖山隐居》《庐山图》等传世之作，还可以了解张大千晚年的家居生活。

许多参观者在参观摩耶精舍时发现，在一处壁柜上竟然摆放了几个四川泡菜坛子。这几个四川泡菜坛子既不是艺术品，也不是收藏文物，它们究竟有什么来头？

故事还得从青城山上清宫说起。

一次，青城山道长彭椿仙设青城道家宴招待张大千。宴席十分丰盛，鸡有"白果（即银杏）炖鸡"，鱼有"清蒸鲤鱼"，肉有"川芎肘子"等。道家宴全是素席，鸡鱼肉全是用豆腐、蔬菜弄的替代品，不过那形状做得如真的一般，味道也真是好。就说那"红烧狮子头"吧，是用豆腐和青城山上的山药煮熟后捏成团，下油锅炸成金黄色，成为外酥内嫩的"狮子头"，淋上红烧汁液，咬上一口，那感觉只可意会，不可言传。

张大千是个美食家，且无肉不欢。可那天吃了青城道家宴，虽然只是一桌素菜，却让他感觉到了一种从未有过的舌尖美味。彭椿仙告诉张大千，青城道家素宴的精妙之处除了体验舌尖上的美妙之外，更在于它的养生。现代生活中流行的药膳，其实在道家的素宴中早有集成。如"红烧狮子头"中的山药，就有健脾补肺、益胃补肾、长志安神、延年益寿的功效。如"川芎肘子"中的川芎，为本地特产，有活血行气、祛风止痛之功效。

更让张大千感到妙不可言的是席到收尾时端上桌子的几盘老泡菜，红的泡海椒，青的泡豇豆、泡黄瓜，白的泡萝卜，随便拈一节泡豇豆放入口中,脆生生的,酸酸甜甜中有丝丝辣味,满口清香,爽口,下饭。

"椿仙大师,这泡菜硬是好吃。有了这泡菜,饭都要多吃一碗。"张大千指着碟子中鲜红亮色如刚摘下的泡海椒问:"大师,你这泡菜是怎么做的?"彭椿仙笑呵呵地说:"大千先生听说过'青城四绝'吗?青城泡菜就是'青城四绝'之一,其他三绝是'白果炖鸡''洞天乳酒''青城贡茶'。大千先生既然喜欢,我让斋堂师傅给你送点过去。"

张大千一家吃了彭椿仙送来的泡菜,一个个赞不绝口。大夫人曾正蓉和二夫人黄凝素都是四川人,自然对四川泡菜情有独钟,三夫人杨宛君是北方人,吃了曾正蓉用泡豇豆炒的"烂肉豇豆",也是胃口大开,连呼好吃。斋堂师傅送来的泡菜,一家子三两下就给吃光了,再去要就有点不好意思了。曾正蓉对张大千说:"我在老家也做过泡菜,但没有这青城山的泡菜好吃,你去问问斋堂师傅这泡菜是怎么做的,我也学着做做,免得常去斋堂找师傅要泡菜。"张大千见曾正蓉说得有道理,就去请教彭椿仙。

彭椿仙说:"走,我带你去看一个地方,这地方一般是不对外开放的。"

上清宫斋堂后面有一个不起眼的房子，房子紧靠山崖，半山半洞，是专门制作和储藏泡菜的地方，崖洞中大大小小有上百个泡菜坛子，大的有一米多高，坛沿上一个长两只耳朵的大盖子就有十多斤重，制作和捞取泡菜时需踏上专门垫脚的架子才能操作。彭椿仙指着一个半人高的坛子说："这个老坛子少说也有几百年的历史了吧，是真正的老坛子。青城山的泡菜在这老坛子中泡上一年两年也是脆绷绷的，味道鲜美，奥妙就在坛子。当然还有这坛子中的泡菜水和这山洞。"彭椿仙让制作泡菜的道士师傅将泡菜坛子的盖子揭开，顿时洞中清凉的空气中弥漫着泡菜淡淡的香味。

说起来，青城泡菜的制作工艺也不复杂，制作泡菜的道士师傅介绍说，主要是以青城山上的原生态黄瓜、豇豆、水红辣椒、萝卜、大蒜、白菜、仔姜、良姜等为原料，清洗、晾晒后放入用山泉水、井盐、花椒等配制而成的泡菜水中泡制而成。不过这看似简单的工艺，却模仿不了。为什么？一是青城山独特的地理和气候条件，山上生长的蔬菜特别适合做泡菜。川西坝子的人都称其为"山黄瓜"，特别适合做泡黄瓜，直到今天，老百姓家做泡黄瓜还非得用"山黄瓜"不可。其次是青城山老泡菜的泡菜水也是有讲究的，用的是青城山上的山泉水。

所用的盐不是市面上的普通食盐，而是青城山盐井沟的井盐。用井盐泡出来的泡菜，一两年也是脆生生的，爽口生津。再就是这上清宫靠山崖的泡菜洞，温度、湿度正好，洞中还有历经几百年形成的乳酸发酵环境，泡菜在这样的低温环境下长时间慢慢发酵，在无氧条件下，乳酸菌生成乳酸，从而形成泡菜独特的酸味和风味。所以青城山的老泡菜历久弥新。

多年以后，佛学家、书法家赵朴初在游览青城山时，吃了青城泡菜后当即写下《调寄忆江南》词一首："青城好，泡菜冠全川，清脆姜芥夸一绝，芳甘乳酒比双贤，吾独取椒盘。"

可见作为"青城四绝"之一的青城泡菜，其"绝"确实是名不虚传。

张大千听了介绍，当即托朋友买了十来个泡菜坛子送上山来，让曾正蓉到斋堂找泡菜师傅要了老坛泡菜水，就在上清宫的小院中做起了泡菜。曾正蓉在青城山上管理一家老小的生活，后还学会了制作"茅梨酒"（洞天乳酒）和醪糟，此是后话了。

从此张大千一家无论走到哪里，家中厨房必备泡菜坛子，且一定要四川的泡菜坛子。

四川人喜欢吃泡菜，也喜欢做泡菜，几乎家家都有一个

"茅梨酒"（何勃摄）

或几个泡菜坛子。泡菜按用途分为调料泡菜和下饭泡菜。调料泡菜如海椒、豇豆、大蒜等,泡制时间要长,要泡出老坛泡菜的味道,用于烹饪调味,是众多川菜离不开的作料。下饭泡菜则不论时间长短,入味则可。有人说郫县豆瓣为川菜之魂,四川泡菜是川菜之骨,有郫县豆瓣和四川泡菜辅助,川菜焉能不横行江湖,霸占食客的味蕾!

四川泡菜古已有之。泡菜最早可追溯到商周时期的"菹",《诗经》中说:"中田有庐,疆场有瓜,是剥是菹,献之皇祖。"大意是,路边种了蔬菜,把它剥了皮腌制成菹后献给皇祖。古代的"菹菜",就是现今咸菜、腌菜或者泡菜的统称。但是,真正意义上的四川泡菜产生于秦汉时期,在有坛沿的泡菜坛出现之后。坛沿上注入清水,盖上盖子,才能密闭坛口,保证泡菜乳酸发酵,这是四川泡菜制作的关键一步。但让泡菜进入川菜助攻阵营还是在辣椒传入中国之后,到清光绪年间,泡菜才普遍用于炒菜的作料。泡菜和豆瓣进入川菜的烹调,让川菜一下就从中国各大菜系中脱颖而出,独领风骚。鱼香肉丝、泡椒鸡杂、酸萝卜老鸭汤、泡椒鱼头、酸菜鱼等等,哪一样离得开四川泡菜。那一坛子吸收了蜀地气韵的泡菜,在时间的发酵下,只需要那么小小一碟,就可以让一桌

菜肴散发出四川的"精气神"。

有好吃嘴说,制作一坛完美的泡菜对于喜欢川菜的人来说意义非凡。吃得懂四川泡菜才是吃得懂川菜的高人。张大千一辈子说川话吃川菜,有时来了兴致,还要自己弄两样川菜,他又怎么离得开四川泡菜坛子呢?

在巴西八德园,张大千家中虽然请有川菜厨师,但巧妇难为无米之炊,没了四川泡菜助阵的川菜总觉得少了那么一点滋味。于是张大千托朋友从四川买了十来个四川泡菜坛子,漂洋过海几千里运到八德园,就为做四川泡菜,寻蜀地味道。没有了上清宫老坛泡菜水作引子,八德园的四川泡菜还真就少了那么一点青城山的味道。聊胜于无吧。

1978年,摩耶精舍完工,张大千从美国移居到中国台湾,除了文房四宝和书画必须带走,那块刻着"笔冢"二字的巨石和十来个四川泡菜坛子也必须带走。别人不理解张大千的举动,可徐雯波理解,那坛子中装的是张大千一辈子忘不了的四川味道。

张大千去世前,将摩耶精舍捐赠给台北故宫博物院。张大千去世后,台北故宫博物院将摩耶精舍改造为"张大千纪念馆",那几个一路跟随张大千辗转几十年的四川泡菜坛子,作为见证其日常生活的一部分,就摆上了摩耶精舍的壁柜。

满壁山水作卧游

张大千旅居巴西八德园时,绘制了一幅巨幅国画《青城全景图》,长期挂在家中以作卧游。

所谓卧游,就是将画挂在家中墙壁上,以观看欣赏画上山水代替游览,以达实地游览的目的。这在古代文人中早已有之。《太平广记》中就有"宋宗炳,字少文,善书画,好山水。西涉荆巫,南登衡岳,因结宇衡山,以疾还江陵,叹曰:'老疾俱至,名山恐难遍游,当澄怀观道,卧以游之。'凡所游历,皆图于壁,坐卧向之"的记载。

古时因交通不便或经济、疾病等原因,绝大多数文人墨客都不能亲临自己心向往之的名山大川、古迹胜地游览,怎么办呢?在家中墙壁上挂一幅山水,卧以游之。

1963年,张大千的爱女张心瑞携女儿莲莲从四川到八德园和父亲相聚,这是张大千和爱女一别十多年后再次相聚,张大千特别兴奋。朝夕相处的日子里,父女俩有摆不完的龙门阵。上清宫的旧居还在吗?青城山上的梅花开花没有?青城山上的道家老友还在吗?张心瑞尽其所知一一告诉父亲。

相聚的时间总是过得那么快,张心瑞和女儿就要回国了,张大千抱着外孙女莲莲依依不舍。分别时,张大千忍不住眼泪滴落在长衫上。

归期漫漫,何日才能重游青城?张大千夜不能寐,半夜翻身起床,走进画室要作画。徐雯波劝他,哪里劝得动呢。张大千说,他要把记忆中的青城山画下来,挂在墙壁上,卧游。

此时张大千已患严重眼疾,作精工细笔的工笔画已感非常吃力。但张大千另辟蹊径,以大泼墨技法,创作出《青城全景图》。

张大千从记事起,仿佛就在躲避战乱,而动荡的时局总是让他难以放稳一张安稳的画桌。先是推翻清朝的辛亥革命,接着又是军阀混战,军阀混战还没消停,日本人的炮火又从东北打到华北,打到华中,到处都是兵荒马乱的场景。

1938年,张大千辗转来到了青城山度过了几年安宁、平静的生活。从1938年至1949年,在长达十年的时间中,他都是以青城山上清宫的居所为基地展开绘画创作活动。去西北敦煌临摹壁画的两年多时间,他也把家安在青城山上清宫,中途回川休整,也是回到青城山,用青城山清新的空气和甘甜的泉水洗涤他的风尘。

1949年张大千离开内地,在台湾作短暂停留后,觉得那里也不是安身之处,便辗转经印度、阿根廷到了巴西,在巴西圣保罗寻得一块地,修建他理想中的"世外桃源"——"八德园"。张大千在巴西八德园一住就是十几年,八德园虽好,终究不是故土。张大千从此就患上了"思乡病"。

有人疑问,既然张大千有那么浓厚的怀乡情结,那为什么要远走他乡,漂洋过海到巴西去呢?张大千的好朋友张寒目曾就此事问过他。张大千说:"远去异国,一来可以避免不必要的应酬烦嚣,能于寂寞之乡,经营深思,多作几幅可以传世的画。再者,我可以将中国画介绍到西方,中国画的深奥,西方人极不易了解,而近年来偶有中国画的展览,多嫌浮浅,并不能给外人留下深刻的印象,更谈不上震惊西方人的观感。另外,中国的历史名迹、书画墨宝,近几十年来流传海

满壁山水作卧游

外者甚多，我若能因便访求，虽不一定能合浦还珠，至少我也可以看看，以收观摩之效。"（据谢家孝所述）

张大千在八德园居住期间，确实在不受干扰的清静环境中创作了大量传世佳作，如四幅通景巨幅《青城山》；六幅《荷花》通景屏；《长江万里图》等，同时在美国和德国、法国等欧洲各国举办了多次画展，在欧美引起轰动，让傲慢的欧美艺术界对中国的绘画艺术有了全新的认识。和毕加索的会面，更是将东西方艺术的相互认知推到了一个前所未有的高度。

八德园是张大千艺术生涯中一个重要的驿站，在八德园，他创作了大量的传世佳作，取得了巨大的成就，艺术上创新了泼墨、泼彩的绘画技法，跃上一个新的高度，成为东西方公认的艺术大师。

梁园虽好，不是久留之地。可"万里故乡频入梦，挂帆何日是归年？"归途漫漫，卧游便成了张大千不二的选择。

张大千将这幅《青城全景图》挂在八德园大厅的墙壁上，得空便在画前来回散步，在青城烟雨的迷蒙中寻找那些曾经的美好岁月。葆萝一直跟随张大千在八德园生活，他小时候也随父亲在青城山生活了很长一段时间，青城山的人都叫他的小名"萝萝"。这天，张大千和萝萝站在这幅《青城全景图》

前指指点点,这里是"赤城阁",这里是"建福宫"。父子俩沿着曲径通幽的山道穿行在苍翠幽静的山林中,"天然阁""引胜亭",前面就是"天然图画",天然图画石枋上的对联"溪壑奔腾,百川东去通千派;云霞缥缈,万里西来第一山"引发了张大千无限的遐思。凝翠桥接着五洞天,攀上石梯就进了天师洞。"朝阳洞""观日亭"这些在张大千笔下的风景正一步步向他们迎面而来。"爸爸,这云雾之巅就是青城第一峰吧?这云雾中露出的一角房舍,应该是我们住家的上清宫吧?"萝萝指着青城第一峰露出的一处房屋问父亲。是的。张大千的目光落在萝萝所指的位置久久不忍离去。

巴西八德园周围华人很少,熟人朋友更少。女儿张心瑞来八德园相聚,给了张大千无比的温暖和慰藉。张大千对张心瑞说,他喜聚不喜散。张心瑞终究还是离开了八德园,张大千在无限惆怅中画了不少青城山水的画挂在八德园的墙壁上,"卧以游之",以解思乡之苦。

《青松》隔海寄鹤年

1978年,张大千举家迁往台湾双溪的摩耶精舍,在那里度过了他余生的晚年岁月。在台湾,张大千无时无刻不在思念故土和留在内地的亲友,内江的张家老宅还在不在?青城山的道众们还好吗?上清宫的画室呢?旧居小院中的梅花还在开吗?

绵绵不绝的乡愁郁结在他的心中,隔海眺望便成了他晚年生活的一部分。

动乱的年代终于结束了。只要一有机会,张大千就会通过各种渠道打听内地的情况,打听家乡的情况。1982年春,张大千的女儿张心庆获准探亲,便和父亲约定到美国见面。

张大千非常高兴，掐指一算，上次和女儿心庆在香港见面已近十年了，这是张大千离开内地后父女俩唯一的一次相聚。就在张大千和徐雯波做好了赴美和女儿心庆一家相聚的准备，在等待心庆赴美的消息时，天不遂人愿，张大千病倒了。当张心庆到了美国之后，得知父亲病了不能前来美国相聚，自己又未能获准赴台，十分伤心。父女俩只能通过电话一诉衷肠。

"爸爸，你的病好些了吗？"心庆在电话中有些哽咽。

"十一，爸爸不能来美国和你相聚，你不生爸爸的气吧？"张大千躺在医院的病床上，旁边徐雯波拿着电话凑在张大千耳边。张心庆在张家心字辈女性中排行十一，所以张大千称女儿心庆为十一。

"爸爸，十一怎么会生您的气呢？十一盼着爸爸恢复健康，早日相聚呢。"心庆在电话中和张大千一问一答地摆起了龙门阵。

"十一，还记得咱们在青城山上清宫居住的那些日子吗？"张大千说话都有些吃力了。"自诩名山足此生，携家犹得住青城。小儿捕蝶知宜画，中妇调琴与辩声。食粟不谋腰脚健，酿梨长令肺肝清。归来百事都堪慰，待挽天河洗甲兵。"张大千一字一顿地念着他题在《上清借居》画上的诗，回忆着当年一家人在上清宫小院中的安逸生活。

"记得，记得。"提起当年在青城山居住的日子，心庆也显得十分开心。"我和葆萝、心瑞常常在山上逮了好多好多漂亮的蝴蝶给你画画。"

张大千感慨地说："在青城山的日子，多亏了椿仙大师和心莹、南瑄、鹤年、圆天诸位道长的悉心照料。我想他们啊。"

当张大千从电话中得知易心莹、冯南瑄等道友都先后仙逝后，不禁悲从心来。当他得知彭鹤年道长和傅圆天道长还健在，并在青城山主事，又喜极而泣，脑海中像放电影一样回忆起当年和彭鹤年的交往。

1938年，张大千将家眷从成都搬到青城山上清宫安顿好后，就每天带着学生到青城山各景点和宫观去采访、写生。这天准备到祖师殿去。祖师殿是青城山重要的宫观，位于青城山天仓峰，面对白云溪，这里环境幽静，景致优美，附近有杜光庭在青城山隐居读书时的遗址"读书台"。张大千和几位学生一起从天师洞出发，经龙桥栈道，过访宁桥左行1公里就到了祖师殿。

还未进山门，张大千忽然听见寂静的山林中传来一阵琅琅的读书声，不由得循着书声走过去，看见一年轻道士正捧着一本《道德经》正在朗声念读："天之道，损有余而补不足。人之道则不然，损不足以奉有余。"

"这不是鹤年吗？你怎么在这儿？"

张大千在祖师殿碰见彭鹤年，有点意外，非常高兴。张大千初到青城山，时常有年轻道士受彭椿仙的安排到张大千那里帮忙洒扫庭院，采买生活用品什么的。渐渐地张大千就和这些年轻道士成了朋友。青城山年轻道士普遍文化程度不高，有个人却引起了张大千的关注，他就是彭鹤年。张大千常常见这个年轻的道士一有闲暇便捧着书本读书，便向彭椿仙打听。据介绍，这位年轻的道士叫彭鹤年，本名彭宗仁，四川荣昌人，幼时父母双双离世，靠祖父母抚养。八岁入本乡私塾读书，习毛笔书法，三年读完《四书》等古籍。十四岁时祖父去世，后随二姨母及表兄到成都牛市口经营小店，次年返回荣昌在当铺中学习记账。1926年，彭鹤年到青城山天师洞出家学道，先在观内做杂务。椿仙大师见他很机灵，又有一定文化基础，字也写得好，为人诚笃，勤劳苦干，学习勤奋，便在1933年选拔他到成都二仙庵学戒，于当年传戒大会恭受全真《三坛大戒》。

彭鹤年（作者提供）

彭鹤年受戒圆满后回山，彭椿仙调他到祖师殿做观内杂务兼管山林和种茶。

张大千和彭鹤年在这儿不期而遇，欣喜之余，忙问彭鹤年怎么到这儿来了。彭鹤年便告诉张大千，自己在成都二仙庵完成受戒之后，椿仙大师就派他到祖师殿值守。

当天，彭鹤年陪同张大千一行参观了祖师殿，游览了白云溪，凭吊了杜光庭在白云溪附近的读书台，吟诵了杜光庭的《读书台》诗："山中犹有读书台，风扫晴岚画障开。华月冰壶依旧在，青莲居士几时来。"二人由此开始了长达十年的友谊。

张大千离开内地后，由于时局的影响，二人中断了音讯，但彼此一直惦记着对方。

1942年彭椿仙仙逝，继任当家易心莹请彭鹤年到天师洞协助管理观务。彭鹤年管理天师洞期间，兢兢业业，克己奉公，同时勤奋学习道教理论，精研青城武术，终成全真派一代大师，深受道众称道。彭鹤年为道教尽心尽力，1957年被推选到北京出席中国道教第一次全国代表大会，1962年又被推选担任四川省道教协会副会长。1966年，彭鹤年上山挖地跌断腰椎致残，但他仍坚持自己调理，协助易心莹管理观中教务和财务，以其身教德行，为后辈留下高道风范。

"文化大革命"期间,彭鹤年协助易心莹尽心保护青城山文物古迹和建筑,其中包括张大千在上清宫的旧居和张大千字画及碑刻,使青城山成为全国宗教场所建筑和文物保护最好的单位之一。1979年,青城山重新成立道教协会,彭鹤年以其德高望重当选为名誉会长,傅圆天为会长。

张大千虽然没能到美国和女儿一家相聚,却收到了女儿心庆托弟弟葆萝从美国带来的有关青城山的照片,有青城山山门、山路两旁的苍松翠柏、天师洞、上清宫、上清宫旧居、旧居院子中的梅花,还有"鸳鸯井""麻姑池"等碑刻。最让张大千感慨的是他在山上的书画碑刻和在上清宫的画室,离开几十年了,碑刻完好无损,画室依然如故,一桌一椅,都是那么亲切,那么温馨。更让张大千感动的是,在女儿心庆带来的物品中,有一柄道家常用的拂尘,女儿告诉他,这柄拂尘是当年易心莹大师所用的拂尘,也是心莹大师最心爱的一柄拂尘,是彭鹤年大师特意赠送给他的。抚摸着这柄拂尘,张大千眼前又浮现出当年在青城山和彭鹤年相处的日子。

张大千从电话中得知彭鹤年等青城老友还健在,喜从中来。

病情稍微稳定了,张大千就急急地出院回到家中,不顾徐雯波和医生的劝阻,绘制了《高士倚松图》《荷花》两幅画,

张大千故居堂屋内祭祀台 (罗晓红摄)

托人捎到美国,要心庆带回去赠给青城山上的老友彭鹤年与傅圆天,以表达对青城老友的一片思念。

张大千在赠送给彭鹤年的《高士倚松图》上题诗:"老松阅世千年寿,人是栽松昔日人。沧海扬尘陵谷改,仙家岁月自长春。"在赠傅圆天的《荷花》上题诗:"太华峰头玉井莲,花开十丈藕如船。"款识:韩文公句,元天炼师法教。七十一年(1982)之夏四月,八十四岁大千张爰,摩耶精舍寄呈。

其时张大千已沉疴在身,体力和目力已大不如从前,但他仍一丝不苟地画好每一笔。《高士倚松图》上的一棵老松傲然屹立,威武不屈,表达了张大千对老友彭鹤年的敬意。

彭鹤年和傅圆天收到张大千的赠画,激动不已,二人商量由彭鹤年回信一封,以表达对老友张大千的感激和思念之情:"鹤年等拜读画上题诗,语出内心,倍感亲切,知先生不忘青城一草一木,以及衰朽如鹤年等也。而鹤年等讵能忘艰难万里,山海阻深,老病侵寻,年龄八十四岁之先生哉!沧溟南望,何日归来,不胜翘企,即祝旅祺!"

张大千翘首北望,彭鹤年沧溟南望,殷殷之情,感天动地。

张大千隔海眺望青城,思念蜀地故土,他曾在晚年创作了一幅巨型的《泼墨青城山水》画,将他对青城山的思念凝于笔端。

1983年4月2日上午8时15分,一代国画大师张大千逝世于台北荣民总医院,终年八十五岁。

张大千去世九年后,1992年4月1日,彭鹤年羽化于青城山飞仙观。彭鹤年晚年曾自撰墓联,其联云:平平常常一生宗诚信,浑浑默默百年嗣法兴。横额为:鹤鸣青城。

梦回青城,寻找童年的背影

2016年10月,正是秋高气爽的季节,青城山上层林尽染,红叶像火焰般,金黄的银杏叶铺洒在山坡上,给青翠的山景涂抹上层层暖色。

阔别青城山七十二年之后,已经是八十九岁高龄的张心瑞偕家人登上青城山,故地重游,寻找父亲张大千的艺术足迹和自己儿时的记忆,还向青城山道观赠送了几件特别的书画作品。

青城山上曲径通幽,山道旁的树皮凉亭、清澈如镜的"洗心池"、陡峭险峻的"掷笔槽"、建福宫、天师洞、上清宫,这些小时候无数次游玩过的景点和宫观渐次在张心瑞的记忆中重现，让张心瑞激动不已。张心瑞的记忆力十分惊人，大到山上的地名，小到一处亭子、一块石碑，她都能如数家珍脱口而出。

张心瑞是张大千的长女，生于1927年，乳名拾得，是黄凝素所生。张心瑞曾在回忆中说，父亲给我起小名"拾得"，意为"捡来的"。那个时代的人习惯给孩子起个土土的小名，或是逗孩子说是捡来的，以期孩子更容易抚养。张心瑞在张家心字辈女性中排行第十，张大千非常宠爱这个女儿，亲切地叫她"十女"。张心瑞小时候曾随父母在青城山上生活了很长一段时间，对青城山的山山水水和一草一木都有很深的感情。

来到当年和父亲居住的上清宫小院，看着当年父亲亲手植下的梅花还在，张心瑞心潮起伏，记忆的"大门"彻底打开。"这里是父亲的画室。"张心瑞指着小院中一间宽敞的屋子对女儿萧柔嘉和陪同的人员说："父亲每天都在这间屋子画画，有时会画到深夜，我们这些小孩都睡着了，他还在画。"穿过画室，张心瑞指着屋子中的中式木椅和茶几说："这是会客室，父亲曾经经常和易君左、晏济元等朋友在这里品茶，摆龙门阵。"张心瑞兴奋地穿行于各个房间，不停向旁人介绍。在小院中间，张心瑞指着小院两边的厢房说："这是我们几位妈妈和小孩的卧室。"她快步走进一间屋子,兴奋地对陪同的女儿说:"我当年就住在这间屋子。"

张心瑞向陪同的都江堰朋友和上清宫道友绘声绘色地描述了当年和父亲在上清宫生活的情景,大家都被这个年近九旬老人的兴奋之情感染了,仿佛跟随她的回忆又回到了七十多年前。

都江堰市为张心瑞重访青城山举办了隆重的"梦回青城——张大千与青城山座谈会"。座谈会上,张心瑞动情地回忆起小时候在青城山居住的情形:"父亲把我们一家老小接上青城山,安顿在上清宫的这座小院中。道观上的师傅们对我们很好,给了我们很好的照顾,父亲就在上清宫这间画室中创作了一千多幅画,大部分都是以青城山为题材的。青城山是父亲中年时期创作的一个高峰期,许多佳作,如《青城山十景图》《青城第一峰》《望坡崖》等画都是在青城山上清宫创作的。"

"父亲作画之余,喜欢放留声机,听当时的京戏名家灌制的唱片。宛君姨有时也自拉胡琴唱上两段余派须生。父亲偶尔也会唱上几句,他学的是李多奎的老旦。父亲有时也唱唱川剧,他最喜欢的是周企何的川剧折子戏。我在父亲的这些

张心瑞小时候与「黑虎」（1943年，张大千从敦煌带回两条藏獒，一条取名「黑虎」，一条名叫「丹格尔」）（作者提供）

留声机唱片中记住了谭鑫培、谭小培、谭富英、余叔岩、金少山、梅兰芳、程砚秋等大家的名字和他们的声音。"

"在我们居住的上清宫内外和通往山顶的路旁,父亲还带着我们全家种了上百棵梅树。父亲还在小院中饲养了许多鸟雀和动物供他和学生写生。我和弟弟妹妹们在山上玩耍时,有时也会捕捉一些蝴蝶回来让父亲画。青城山的蝴蝶可漂亮啦,五彩斑斓,有时在林间翩翩起舞,有时栖息在花朵上摇动翅膀。我们捉到蝴蝶带回来,父亲总是很高兴地为我们画蝴蝶。在青城山生活的那些日子,是我童年时最美好的时光。"

张心瑞此次重访青城山,除了寻找自己童年的足迹,还有一个重要的使命就是带着父亲张大千的心愿回青城!张心瑞向都江堰市捐赠了张大千巨幅特制山水作品《青城山》,大幅书法作品《青城山》和国画《红衣画眉》的复制品。

座谈会上,张大千外孙女萧柔嘉向参加座谈会的朋友们介绍了捐赠作品的背景。

在访问青城山期间,张心瑞还介绍了他们一家离开青城山后的一些情况。张大千离开内地后,张心瑞和张大千的弟子萧建初结婚,后任教于四川美术学院。1963年至1964年,张心瑞曾到巴西八德园随父亲生活过一段时间。张心瑞在八德园时,一边侍奉父亲笔墨,一边学习父亲的泼墨泼彩技法,绘画技艺有了很大提高。虽然张大千很希望女儿留在八德园,张心瑞也很想留在父亲身边,但她不忍抛下留在家中的丈夫和儿女,最后还是辞别父亲回来了。

在张心瑞就要离开八德园时,有一件事让她一辈子也忘不了。张心瑞回忆,有一天父亲给张心瑞的女儿莲莲画了一幅《雀石图》,张大千逗莲莲,说要把这幅画裁开,只给她一半。莲莲一听外公说要把画裁开只给她一半,急得要哭。张大千见莲莲着急的样子,就在画上题写"送一半留一半,莲莲、莲莲你看看,到底你要哪一半",把画给了莲莲。莲莲拿到画转哭为笑,可她哪里懂得外公在玩笑后面的悲伤。张心瑞回忆说:"可我知道,父亲是喜聚不喜散,他忍痛舍去他的女儿,保全了我和建初一个完整的家。其实我的内心又何尝不疼痛和纠结,父亲的疼爱让我感念终生。我未能陪伴父亲,因我的离去让父亲难过,也成为我一生的内疚。"

巴西一别,张大千从此再也没有机会和"拾得"团聚。

1976年之后,张大千由巴西回到中国台湾定居。此时他离内地只有一海之隔,年岁老迈的张大千思乡之心更切。

"乡愁是一湾浅浅的海峡，我在这头，内地在那头。"张大千时常默念着台湾诗人余光中的《乡愁》，辗转托书带信。

隔海相望，连接两岸亲情的是那一缕乡愁。

改革开放后，张大千和留在内地的子女、亲友取得了联系。1981年，张心瑞和萧建初夫妇俩获批到美国探亲，他们商量好准备和分别了十多年的父亲在美国团聚。张心瑞从父亲的来信中知道他特别关心曾经居住过的青城山的情况，特地请人拍了青城山的照片，拍了张大千在青城山上清宫故居的照片及碑碣拓片，通过在美国的亲友辗转送到了台北，以慰父亲的相思之苦。

其时张大千因病重正在台北住院，收到这些礼物喜极而泣，视为至宝，病也仿佛因此而好了许多。当他听说青城山老朋友彭鹤年大师希望他能为青城山题写"青城山"三字，当即就要从医院回到家中为青城山题字。张大千在医院由四个护士二十四小时轮流看护，他曾戏称被"四人帮"看管着，未经允许是不能离开医院的。张大千此时说什么也要回家写字，医院方拗不过他，就在护士的护理下回到摩耶精舍画室，取出文房四宝，在宣纸上用红笔画好方格，提笔写下了"青城山上清宫"六个大字，落款为"大千居士张爰"。据张大千的儿

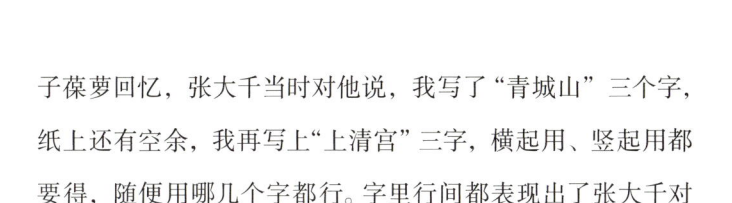

子葆萝回忆,张大千当时对他说,我写了"青城山"三个字,纸上还有空余,我再写上"上清宫"三字,横起用、竖起用都要得,随便用哪几个字都行。字里行间都表现出了张大千对于青城山的一片深情。

随着年事的增高,也许是感觉到来日不多了,张大千常常想起自己在青城山上的快乐时光,愈加地怀念故土:"投荒乞食十年艰,归梦青城不可攀。村上老人应已尽,含毫和泪纪乡关!"意犹未尽,张大千又在一幅画上题诗:"十载投荒愿力殚,故山归计尚漫漫。万里故乡频入梦,挂帆何日是归年?"

隔海相望,何日梦归青城?

如今张心瑞重访青城山,张大千长眠于摩耶精舍梅丘下的灵魂应该得到安慰了。2022年8月19日,张大千长女、大风堂入室弟子张心瑞在加拿大温哥华逝世,享年九十五岁。

第四章 蜀笺一幅乡山梦

飞泉摇碧吟清弄,
寒色凝空云脚雾。
眼前便有千里思,
蜀笺一幅乡山梦。

——《飞泉图》题诗

三访陈画匠

春天的青城山,虽然还带着丝丝寒意,但第一峰上已冰消雪融,山林间柳丝吐绿,红梅绽放,莺飞蝶舞,鸟鸣雀唱,正是春光融融。

吃过早饭,张大千便带着几个学生到山中写生。今天他们要去的地方叫圆明宫。圆明宫地处青城山前山门北侧,是青城山环境最清幽雅静之处,民间流传有"四川幽静看青城,青城幽静数圆明"之说。青城山是中国道教的发祥地,山中宫观庙宇众多,著名的有上清宫、天师洞(古常道观)、建福宫、圆明宫、玉清宫、祖师殿等,宫观四周处处皆风景如画,唯独圆明宫独享此誉,可见圆明宫一带的景色最能体现"青城天下幽"。

到了圆明宫,张大千似乎无心景色,径直走进宫观内,直奔一幅壁画而去。

这是一幅画在照壁上的"纯阳跨鹤"图。图中纯阳真人身背宝剑,手持拂尘,神情怡然地骑在一只仙鹤上,仙鹤翩翩飞升于一片祥云之上。张大千在壁画前注视良久,口中轻轻吟诵道:昔人已乘黄鹤去,此地空余黄鹤楼。黄鹤一去不复返,白云千载空悠悠。两个学生不知道今天老师为什么不直接带他们去山林中写生,而是对着一幅壁画出神。

原来几天前,张大千在天师洞写生,被天师洞一幅画在墙壁的"吹牛图"吸引了。这幅"吹牛图"用非常夸张的笔墨,将"吹牛"者的神态表现得淋漓尽致,将讽刺、幽默、挖苦、搞笑融于笔端,让观者看了忍俊不禁。虽然只是一幅漫画式的壁画,却让张大千看到了画者的功力。他向天师洞的道长彭椿仙打听是谁画的。彭椿仙告诉张大千,是山下太平场一位叫陈星南的画匠画的。这位陈画匠不仅壁画画得好,对石雕也很有研究。彭椿仙指着新落成的天师洞三清大殿介绍,其六根巨型石柱上雕刻精美的石狮子、石麒麟等石兽,气势非凡,这是青城山著名的石刻匠人杨星佑和陈星南共同设计建造的。陈画匠长年在这青城山的许多宫观庙宇中画壁画,

民国《二十四孝图长卷》(作者提供)

特别是他在圆明宫画的"纯阳跨鹤"图,连于右任老先生看了都说画得好。

　　高手在民间啊!张大千一下就记住了陈星南这个名字。张大千抚摸着雕刻精美的石兽,不由得对这位民间艺人产生好奇。当他得知陈画匠这两天要到圆明宫来时,便兴冲冲地赶到了圆明宫,可惜扑了空。

　　"你们知道崔颢这首诗中的'昔人'是谁吗?"张大千指着壁画上跨鹤升天的纯阳真人说,"就是这位吕洞宾先生。"还没等学生回答,张大千话锋一转又问:"你们觉得这幅壁画画得如何?"一学生回答:"画还可以的,但比起老师来,还是差那么一大截呢。"张大千微微一笑:"少拍马屁。你们没看到这幅'纯阳跨鹤'图和各宫观中的壁画有什么不同吗?"两位学生摇摇头。张大千见学生不解,便指着壁画说:"你们没发现这壁画有汉唐壁画遗韵吗?构图严谨,形象生动,笔力老到,色彩鲜艳,好画!"

　　圆明宫的道士告诉张大千:"听说这段时间陈画匠正在青城外山普照寺画二十四孝图。普照寺离这里有几十里路,虽说不是太远,但是这普照寺是佛门,我们道家也不便前往,大千先生只有自己去了。"

一个阳光明媚的午后,张大千赶完太平场后,盼䬺夫人带着孩子们回青城山上,自己只身一人前往外山普照寺去拜访画匠陈星南。张大千本就是佛门居士,进了山门,一个阿弥陀佛就和普照寺的住持摆开了龙门阵。摆谈之中,张大千向住持问起是不是有个叫陈星南的画师在普照寺画二十四孝图。住持告诉张大千:"陈师傅是在庙上画二十四孝图,还没有画完,但陈师傅好多天都没上山了,听说是病了。"再打听陈星南的住家,住持说,陈师傅家就在山下,具体在什么地方,住持也不知道。

在普照寺山门的左右两侧,张大千在陈星南尚未完工的二十四孝图前足足盘桓了两个时辰。"戏彩娱亲""芦衣顺母""卧冰求鲤""扇枕温衾""怀橘遗亲"……一幅幅色彩明丽、人物生动的画面让张大千感动,当然,他更关注的是壁画的线条、笔墨和色彩。

张大千为什么这么关注画匠陈星南的壁画呢?因为他要到敦煌去临摹壁画,非常需要几个懂壁画且有相当壁画绘制技艺的画师当助手。张大千的学生中虽然有国画技艺比较高的,如何海霞、萧建初等,但学生中对壁画有研究的寥寥。当他看到陈星南在青城山宫观中画的壁画时,他觉得陈星南是个人选。

民国《最新二十四孝全图》（作者提供）

到什么地方去找陈星南呢？

张大千想到太平场林森药房的杨克勤杨大夫，他认识的人多，问他，他肯定知道。张大千和林森药房的杨大夫很熟，家中偶尔有人有个伤风感冒、头疼脑热什么的，找上清宫或天师洞懂医的道士开个方子，托人到杨大夫林森药房抓两服药就解决了。偶尔也趁赶太平场的时候，到林森药房找杨大夫给娃儿把个脉什么的。杨大夫一听张大千打听陈星南，哈哈一笑说："认识啊，熟得很，最近生病了，常在我这儿看病抓药。他家就住在普照寺山下的陈家院子。"

张大千忙托人到成都买了绸缎帽子、呢面布鞋、衣料等礼品，再次赶到普照寺山下陈家院子登门拜访。

陈星南已听普照寺的僧人说张大千曾到寺里去找过他，如今看到张大千带着礼物登门拜访，一时感动得不知说什么好。

张大千和陈星南一见如故，大有相见恨晚之意。张大千虚心向陈星南请教了许多壁画方面的问题。陈星南既兴奋又感动，此后逢人便讲八先生是如何的礼贤下士，虚怀若谷、博采众长。打那以后陈星南就和张大千交上了朋友。在长期的交往中，陈星南深受张大千影响，逐渐把画笔从壁画上转移到宣纸上,并在和张大千的交流中,画技猛增,成为灌县河西有名的画师。

张大千原想请陈星南与他一道前往敦煌协助临摹壁画,后见陈画匠年老体弱,担心他难以适应西北大漠的气候,就没再向他提出到敦煌的事。后张大千专门从青海塔尔寺聘请了昂吉、三知、格郎、罗桑瓦兹、杜杰林切等几位懂壁画的藏族喇嘛画师同赴敦煌,协助他临摹敦煌壁画,此是后话了。

张大千三访陈画匠,在青城山下传为佳话。

太平场林森药房杨克勤杨大夫的长子杨建康和笔者是同班同学,至今摆起张大千三访陈画匠的故事,还是滔滔不绝,眉飞色舞。

偷酒喝的熊和偷肉吃的豹

　　夏日夜晚的青城山上清宫格外的凉爽，已经过了子夜时分，张大千的画室中仍然还亮着灯光，张大千还精神抖擞地在画案上挥毫泼墨。《青城山十景图》是张大千酝酿已久的一幅巨作，"青城第一峰""朝阳洞""上清宫"……看着这些青城山上的景点一个个从他的笔下变幻到宣纸上，正在兴头上的张大千一点睡意也没有。一旁侍候笔墨的杨宛君早已扛不住瞌睡的袭击，回房睡觉去了。这时，一只豹子悄悄地潜入张大千的画室，蹑手蹑脚地钻到张大千的画案下面，向沉浸在创作中的张大千伸出它的爪子……这只豹子不是山中的野豹子，是张大千在青城山上自小就喂养的一只小豹子。只见小

"茅梨酒"酒窖(何勃摄)

豹子用爪子轻轻地在张大千的脚上挠了几下，又用头在张大千的腿上蹭了几下，似乎在提醒张大千，夜深了，该睡觉了。

张大千酷爱饲养动物，和一般爱养小猫小狗等宠物的人不同，他爱养小动物和雀鸟花草，但更喜欢饲养豹子、老虎、熊等大型动物，他甚至还养过猿。相传他听母亲说，他是猿投生的，所以他喜欢猿，甚至把自己的名改为"爰"，他的许多画作上都落款"张爰"。

张大千喜欢饲养这些动物，当然是为了更好地观察它们的生活习性和形态，让他笔下的这些动物更加地传神。

张大千喜欢养这些大型动物，其实是受他二哥张善孖的影响。二哥是引导张大千走上艺术创作之路的引路人，也是他终生敬佩和爱戴的人。张善孖擅长画虎，张大千和张善孖在苏州网师园居住时，就一起养过老虎。抗战时，兄弟俩又一起合作画过虎，以"怒吼吧，中国"为主题，举办虎画展览为抗战呐喊助威。兄弟二人笔下的虎，威武有神，虎虎生风。

据张大千的儿子张心智回忆，有一天傍晚，张大千和夫人及心智、心瑞、葆萝等一行人在上清宫附近散步，突然听到远处林中有豹子的吼声，众人都吓到了，急欲返回。不料张大千却显得非常淡定，还有几分惊喜的样子。他吩咐大家先回去，自己却想留下来看看这豹子是什么样儿。夫人和孩子们当然不放心，可又拗不过他，只得远远地看着他，生怕出意外。等了一会儿，张大千走回来说，我躲在一棵大树后面，想等豹子出来看看究竟是只啥样的豹子。运气不好，没看到。夫人埋怨他，幸好没看到，看到了还不把你吃了。

有朋友听说了这件事，知道张大千喜欢豹子，就送了一头小豹子给他。张大千还真就在上清宫的小院中给养起来。据心智、心瑞等几个孩子回忆父亲在青城山养豹子的事，说："小豹子送来时只有一两个月大，还没有桌子高，天天跟着父亲，连睡觉都在一起。""爸爸和我们在青城山散步时，它总是跟在后面。爸爸作画时它就卧在画案下，夜里则睡在爸爸的床底下。""早晨，豹子起得早，就用爪子轻轻地把父亲挠醒。""小豹子开始只有十来斤重，后来经我们喂养，长成了一头约二米长、重五六十斤的大豹子，毛光色美，非常漂亮。"

"开始，我们几姊妹对这只豹子又喜欢又怕，怕它咬人。"张心智回忆说："父亲就告诉我们，人们都很怕老虎和豹子，认为它们会伤人吃人。其实这些动物如果从小养起，是可以在家里养的，就像养猫、养狗一样。还有人说养这些虎啊豹啊，必须从小把它们的门牙敲掉，才不会有危险，可是事实

第四章 蜀笺一幅乡山梦

证明我过去和你们阿爸（二伯父张善孖）养的老虎和这头豹子，都没有敲掉它们的牙齿，也没有关在铁笼里。你们看，这豹子不是和我们生活得很好吗？"

由此可见，张大千一家和这只豹子相处和谐，这只豹子也给张大千一家带来了许多乐趣。

有一天，厨房师傅从山下太平场采购了一批蔬菜和食品，其中有一块板油（猪油的一种），原本是用来熬猪油的，厨师一时忙不过来，就顺手把这块板油挂在厨房的墙壁上。谁也没有想到这豹子嗅到了板油的味道，晚上趁大家不注意的时候，偷偷地溜进厨房，对着这块板油大快朵颐。结果第二天这只豹子拉肚子，不治而亡。

小豹子死了，张大千一家伤心了好久。

后来张大千又从朋友那里得到了一只小黑熊，带回山上喂养起来。这只小熊也非常可爱，毛茸茸的，样子憨态可掬，孩子们都非常喜欢。由于有了小豹子偷吃板油的教训，同时也怕熊的野性发作伤人，张大千就用铁链将小熊拴在院子里喂养。

张大千的几位夫人和孩子们都喜欢喝青城山上道家酿造的"青城洞天乳酒"。

青城洞天乳酒俗称青城茅梨酒,是青城山道家自己酿造的一种低酒精含量果汁饮品,主要是取青城山当地所产茅梨(学名猕猴桃),按青城山道家传统工艺榨取果汁,密封缸中,高糖保鲜,低酒发酵,再将其发酵的果汁与醪糟汁、冰糖和少许曲酒等辅料混合,酿制而成。其酒色如碧玉,浓似乳汁,醇香爽口,回味悠长。杜甫有诗云:"山瓶乳酒下青云,气味浓香幸见分。鸣鞭走送怜渔父,洗盏开尝对马军。"

张大千的夫人和孩子们都喜欢喝这种低酒精含量的洞天乳酒。几位夫人没事时还向道家师傅请教制作洞天乳酒的方法,在自家院子中酿造。这在张大千的《上清借居》诗中有这样的诗句:"酿梨长令肺肝清。"这里说的"酿梨"就是酿制青城洞天乳酒。每当大家在院子中喝这种果酒时,小黑熊闻到香甜的酒味,总是忍不住朝桌子这边嗷嗷叫,孩子们也顽皮地给小黑熊喝那么一点点,看着小黑熊的馋样乐呵呵。

张大千看见孩子们常喂小黑熊喝酒,他知道熊是馋酒的,提醒他们谨防小黑熊喝醉了。一天,小黑熊真的喝醉了,挣脱了铁链,跑出院子,爬到上清宫门口的一棵大银杏树上,无论心智、心瑞他们怎么呼喊,小黑熊就是不肯下来。怎么办呢?小黑熊平时很乖巧,但是喝醉了酒,野性复发,那可是要伤人的。为了不伤到人，几个夫人在征得张大千同意后，请道士们找来山上的猎人，用猎枪打死了这头喝醉了的小黑熊。

看到掉到树下的小黑熊，张大千的眼眶都湿润了。

张大千在青城山居住了几年，上清宫的小院中一直有各种动物和雀鸟相伴。当然，如今虎、豹、熊等大型动物是不允许饲养的，它们有属于自己的自然天地。

雉鸡的故事

雉鸡是青城山上一种羽毛非常漂亮的鸟,特别是雄性雉鸡,尾长而浑身羽毛五彩斑斓,十分漂亮。因雉鸡形体像鸡,青城山当地人称雉鸡为野鸡。

雉鸡非常少见,一般很难得遇见。

张大千不时要下山到太平场或灌县城办事,上山下山有时要坐滑竿。滑竿是青城山非常流行的一种简易轿子,一般都是用弹性非常好的两根小碗粗的老斑竹做抬架,中间用结实的竹片扎成软靠,头上有靠枕,脚下有横杆垫脚,滑竿四只角用细竹竿绷上蓝色凉棚,既遮太阳,又不影响沿途观山望景。

张大千非常喜欢坐青城山的滑竿。经常给张大千抬滑竿的轿夫叫王青云，一个家住青城后山的小伙子，敦实憨厚。王青云和他的伙伴抬起滑竿来，时不时要唱几句青城山歌谣：青城山的滑竿哟，闪悠悠，闪悠悠，山上的石板路哟，滑溜溜，滑溜溜，哥抬妹子哟到婆家，到婆家，凤凰配了只黑斑鸠，黑斑鸠。地道的川西方言，幽默而又风趣。

张大千喜欢动物和小鸟，尤其是那些他没有见过的，只要听到了就想方设法去找。听王青云唱的歌谣中有黑斑鸠，就问王青云："青城山真有黑斑鸠？"王青云说："哪里有哦，不过是随便唱唱罢了。"

一天，王青云抬着张大千从建福宫往天师洞走，走到"天然图画"牌坊附近，张大千像是发现了什么，突然压低声音说："青云，停一下。"王青云说："八大爷，这半山坡上不好停滑竿啊。"张大千说："停！"王青云只好放下滑竿。张大千蹑手蹑脚地从滑竿上下来，指着旁边的树丛悄声说："你们看，那是什么？"王青云和随行的学生顺着张大千的手指方向望过去，一只五彩斑斓的雉鸡正在树丛中梳理自己的羽毛。

"野鸡！"王青云惊喜地叫了起来。

莫叫！张大千用食指搁嘴上做了个莫要说话的手势。

王青云口中的野鸡，就是雉鸡，是一种非常珍贵的鸟，尤其在青城山上更少见。山民们不知道雉鸡的学名，就叫它野鸡。

那只雉鸡正在树丛中用嘴梳理它的羽毛，不时还要炫耀地抖动一下它那美丽的翅膀。好漂亮啊！张大千正想移动脚步过去看个仔细，不料那只雉鸡听见了响动，扑啦啦扇动翅膀就飞走了。尾巴上那几根彩色翎子闪动着五彩的光芒很快就消失在山林中。

"哎哟，咋个就飞走了呢！"张大千一脸失望。

王青云以为张大千想吃野味了，就说："八大爷，只要你给我画一幅画，我保证逮一只野鸡来送给你。"

张大千说："这雉鸡太珍贵了，能看见就是运气，能逮得到？"

"八大爷你放心，我在家附近下有网套，只要逮到了就给你送来。"

"好啊，只要你给我逮到一只雉鸡，我送你一幅画。"

"真的啊？八大爷说话要算数哈。"王青云把滑竿抬上肩头，高兴地说，"八大爷，一言为定。"

一个多月后，王青云果然逮到了一只雉鸡。王青云以为张大千不过是想吃野味了，又想到青城山上道家宫观规矩是不杀生的，就自作主张替张大千把这只雉鸡杀了给他送来。

张大千接过已经死了的雉鸡有点哭笑不得，抚摸着雉鸡的羽毛痛心地说："青云啊青云，你咋把它弄死了呢？我要你给我逮一只活的来呢，我把它画下来多好啊。雉鸡死了，我怎么能画出它鲜活的神态呢？"

王青云这才知道，八大爷不是想吃野味，是想画画。一时不知如何是好，就对张大千说："对不起啊八大爷，画我不要了。"

张大千哈哈一笑说："画早给你画好了，拿去吧。以后不要随便捕杀雉鸡了，珍贵着呢。"

白老鸹变黄老鸹

张大千在青城山上写生画画,除了大美的风景,尤其喜欢青城山上各种动物、雀鸟、花草,特别是那些不常见的,他一旦知道,就想方设法去寻找,去观摩写生。青城山上的树林广阔繁茂,栖息着各种各样的鸟类,画眉、白头翁、斑鸠、鹭鸶、白鹤、布谷鸟、胡豆雀、黄老鸹、野鸡等。有一天他在和道友摆龙门阵,有人告诉他,山上有一种罕见的鸟,浑身雪白,形似老鸹,见过的人都管这鸟叫白老鸹。张大千一听就来了兴趣,黄老鸹到处都有,这白老鸹可没见过,便到处找人打听,在哪里可以看到白老鸹。

张大千经常到青城山各处写生画画,可神秘的白老鸹就是一直不肯在他面前现身。

一日,张大千到太平场赶场,照例到乡公所溜达一圈,浏览了一下告示栏上的新闻,便转到林森药房,找杨大夫买点银珠、水银、朱砂、姜黄等来补充他的绘画颜料,顺便再请杨大夫给曾正蓉号个脉,开个方子。曾正蓉近日睡眠不好,抓两服中药调理。闲聊中,张大千问杨大夫见没见过这青城山上的白老鸹。杨大夫哈哈一笑说:"八先生,你要找白老鸹,过几天我给你逮两只就是,逮到了我亲自给你送上山来。"张大千心想:咦,踏破铁鞋无觅处,得来全不费工夫。张大千连声称谢,说:"杨大夫,你可不要哄我哈,你上山时顺便再给我捎点朱砂、姜黄来,我用量大,你抽屉里这点不够用,多进点货。"杨大夫说:"八先生放心,没问题。"拣好了药,张大千又说:"你把白老鸹送来,我画一幅白老鸹的画送你。"杨大夫一听很高兴,连声说好。

不久,杨大夫果然逮了两只"白老鸹"雏鸟给张大千送上山去。杨大夫还专门去买了一个小巧的鸟笼给装上,连同鸟笼一起送给张大千。

张大千接过鸟笼一看,两只小鸟浑身毛茸茸的,通身雪白,咧着小嘴吱吱地叫唤。张大千好生喜欢,问:"这就是白

256　第四章　蜀笺一幅乡山梦

老鸹啊？"杨大夫说："是啊，才从老鸹窝里掏出来的。"

张大千把鸟笼递给孩子们看，孩子们也非常喜欢，争着去给小鸟喂食。

喂着喂着，没几天，小鸟身上的毛开始渐渐变成黄色。孩子们惊奇地跑去告诉张大千，小鸟变色了。张大千跑过去一看，白老鸹变成黄老鸹了。

上清宫的黎道士是杨大夫的干亲家，在上清宫负责宫观的后勤服务，和张大千很熟，据说张大千曾经送过画给他。这天张大千碰到了黎道士，在摆龙门阵时无意间说起杨大夫送给他的白老鸹咋个就变成了黄老鸹。黎道士看了张大千鸟笼中已经变色的"白老鸹"，笑个不停，说："这黄老鸹刚孵出来的雏鸟是白色的嘛，长大了自然就变成了黄色。这山上哪里有啥子白老鸹哦。"张大千一下就明白了，说："这杨大夫把脉开方子还行，说啥子白老鸹，鬼扯嘛。"

一天黎道士下山赶太平场，到杨大夫药铺摆龙门阵。杨大夫问他："不晓得八先生给我画的白老鸹画好没有。"黎道士说："去，去，白老鸹都变成黄老鸹了，还画呢！"

上清宫有个张大厨

张大千是艺术家,更是一位美食家。他不仅喜爱美食,更精于厨艺,常常在画画之余,亲自下厨掌勺,为家人或朋友烹上一两样美食。张大千尤其喜爱川菜,不仅喜欢吃,还喜欢钻研。他家中请有川菜厨师,闲暇时常和厨师探讨厨艺,对传统川菜的工艺进行改进,甚至创出颇具特色的菜肴,被朋友们戏称为"大千菜肴"。如果有好朋友来访,兴之所至,更要弄两样"大千菜肴"款待朋友。经年累月,创造出了许多以"大千"命名的美食。

杨国钦曾编著了一本《大千风味菜肴》,专门介绍张大千融会贯通创造的许多"大千菜肴",如大千鸡块、大千樱桃鸡、魔芋鸡翅、大千干烧鱼、干烧鲟鳇翅、家常鳝鱼等等。作家马识途在《大千风味菜肴》一书序言写"大千先生作菜正如他作画一样，画如其人，菜如其人"。并题"艺术烹饪两出新，别有风味在人间"。

1939年冬，张大千上青城山的第二年，张大千的朋友易君左、胡次威、王思忠等到青城山上清宫拜访张大千。张大千请几位朋友共进晚餐。胡次威说："大千兄，久闻你做的'大千鸡'味道巴适得很，今天大家难得聚你府上，你是不是要给我们露一手呢？"张大千微微一笑："晓得你们几个好吃嘴要来，鸡早就给你们炖好了。"

入席之后，家厨端上来一个大砂锅放在圆桌中间，只听见砂锅内还在咕嘟咕嘟地响，揭开锅盖，顿觉鸡汤香气扑鼻。厨师用勺子一人舀了一小碗，先喝汤，再尝鸡肉，然后两颗白果，一块香菇。

易君左说："大千兄，这就是传说中的'大千鸡'啊？这么好吃，我怎么就没吃过呢？"

"非也！"张大千得意地捋着他的大胡子说："不敢掠美，这道菜是青城山有名的'青城四绝'之一——白果炖鸡。是我家厨房师傅从上清宫斋堂大师傅那里学习来的，要说有什么改进，我不过是在白果炖鸡时加入了一点青城山上采摘的蘑菇。大家尝尝，是不是味道更加鲜美？"

众人品尝之后齐声叫绝。

几位朋友一边喝着美味鸡汤，一边打听这白果炖鸡是怎么做的。

"一只土鸡，半斤白果。"张大千故弄玄虚地说，"做法很简单，就是不告诉你们。告诉你们了，你们自己会做，还上山来看我？"

众人一阵哈哈大笑。

张大千系祖籍广东的客家人，广东人和四川人一样在吃上非常注重烹饪技艺，才有了著名的川菜系和粤菜系。张氏家族迁移到四川，承继了广东客家人的生活习惯。张大千不仅精于"吃"，还将川菜和粤菜的优点糅合在一起，并根据自己的口味发明和改造了许多美食。

易君左、胡次威等几个朋友没有吃到张大千亲自下厨弄的"大千鸡""大千鱼"，心有不甘，易君左说："大千兄，今天没吃你的'大千鸡''大千鱼'，你欠我们一顿。"张大千说，"山上没鱼啊。鱼要鲜鱼，作料首选郫县豆瓣，烹出来的鱼才味道鲜美。"易君左说："好啊，那就等着吃你做的豆瓣鱼。"

易君左等几位朋友没有吃到张大千亲自下厨做的豆瓣鱼，倒是林思进、严谷声、周企何、杨孝慈等几个朋友，先在青城山品尝到了。

1940年仲春时节，林思进、严谷声、周企何、杨孝慈等一干朋友到青城山上清宫拜访老朋友张大千，闻得张大千烧得一手豆瓣鱼，但青城山上没有鲜鱼，杨孝慈便从山下买了几尾鲜鱼带上山去，几个朋友嚷嚷着要吃张大千亲自做的豆瓣鱼。有朋自山下来，不亦乐乎？却之不恭，张大千当即吩咐厨子把鱼宰成鱼块，然后备上豆瓣、姜、葱、蒜和泡菜等作料，把围腰往身上一拴，上灶掌勺。张大千令伙计在灶里面架上青冈柴，把火烧得熊熊的，待锅里菜油煎熟到一定火候时，放两坨生板油同煎，再撒进一把汉源花椒及香葱头、生姜、大蒜等，待到锅里冒青烟时，把油中的杂物沥出，然后将陈年郫县豆瓣下锅，煎到油与豆瓣混成一体时，再将码入味的鱼块放入锅里，翻炒几铲子后，又将自己配制的作料放入锅内，盖上锅盖，将鱼焖到一定火候时，勾芡起锅舀入盘里，再撒一把香葱、香菜，这盘色香味俱全的红烧豆瓣鱼就端上桌子了。

林思进、严谷声、周企何、杨孝慈等几个人都是成都的文化名人。林思进是著名国学大师,成都"五老七贤"之一;严谷声是著名藏书家,"贲园书库"主人;周企何是著名川剧名角;杨孝慈为银行家。几位皆是张大千的好朋友。众人见鱼端上桌子,也不客气,拿起筷子就大快朵颐,一边吃一边点赞,都说比成都老字号川菜馆荣乐园的大师傅做的还好吃。杨宛君是北方人,一向饮食清淡,闻到香味,也顾不上麻辣,边吃边呼呼地吐气,吃得头上汗水直冒,用四川话笑着说:"安逸惨了!"在座的见状哈哈大笑。

众文友吃得高兴了,都推举林思进给这菜取个雅名,林思进也不客气,闭目沉思片刻说:"取啥雅名哦,就叫大千豆瓣鱼,如何?"众人皆曰:"然。"

青城山上清宫文人雅聚,岂能无画无诗。张大千当即画《馈鱼图》一幅,以谢杨孝慈及诸位朋友。画中一人双手捧着盛有鲤鱼的碟盘,身体前倾,向另一人作赠送状,另一人双手作揖,向前作承接状。画面虽然简单,却见证了张大千与杨孝慈及诸位朋友的友谊。张大千在画上题识:"庚辰春仲,孝慈老长兄枉过山中,携活鱼见贻,戏为此图,记之并拈小诗博笑。流人欲断黄腰米,故旧仍须赭尾鱼。何异猪肝累安邑,可怜仲叔是饥驱。大千弟张爰青城上清借居。"钤朱文印

张大千宴李子章等菜单两份（作者提供）

"上清借居",白文方印"张大千""却吹长笛过青城",朱文方印"蜀客"。从画上题识可知,画中馈鱼者自然是杨孝慈,准备接鱼者自然是张大千。

《馈鱼图》画成,在张大千题识之外,林思进、严谷声、林景敬、严庄、芮善等好友先后在画上题跋,让这次雅聚成了艺坛的一段佳话。

林思进的题句是:"丙穴从来擅蜀都,秋风何必忆莼鲈。今朝岂喜山厨饱,未觉金盘放箸无。大千戏为孝慈兄作此,亦戏为题句,清寂翁。"林思进号清寂翁,故落款清寂翁,钤朱文方印"林思进印"。

严谷声的题诗是:"文潜妙墨甚诙奇,药鼎烹鱼杨少师。留与青城添画史,此间不可我无诗。作画烹鱼,余皆亲与嘉会,漫题小诗,借附骥尾。孝慈道兄一笑,严式海。"严谷声字式海,故落款严式海,钤白文方印"严谷声"。

林景敬题跋云:"烟雨人传摩诘画,秋风我羡季鹰鱼。分明七里滩头立,王后卢前合并驱。是帧无惭三绝,不独画里有诗而已。故余承旨次韵,亦不能诗中无事也。敬斋携眷游山,走别有属,而孝慈兄亦复眼明足快,依样葫芦,终致大千手不停挥。家给人足,质诸同游,得毋相顾狂笑耶!灵隐景敬题。"钤朱文方印"林"。

严庄题曰:"折腰不为陶令米,有馈欣同子产鱼。省识穷通余事耳,天教张子作前驱。廿九年四月六日同孝慈、谷声先生、少和夫人暨内子哲香、怡女季儿游青城山,访大千于上清寺(宫)。大千喜为孝慈绘《馈鱼图》,遵嘱步韵,以博一粲。严庄并识。"钤白文方印"严庄"。

几位朋友余兴未尽,当年入秋又在郫县(今郫都区)太和场张大千租住的钟家院子"打秋风",又吃了张大千亲自下厨做的豆瓣鱼。席间重提青城山雅聚,杨孝慈展示了张大千所作《馈鱼图》,请其好友芮善题跋。芮善题跋云:"杨子访我沱水居,要我为题《馈鱼图》。为言昔游青城寺,便馈张髯双鲤鱼。张髯起作淳于笑,驱豪写此以为报。几度披图取次看,图中人物各奇妙。一人鞠躬手奉盘,盘中赪尾何肥鲜。一人酷似髯之貌,拱手拜受神怡然。我思青城山林幽,地不通水鱼难求。食鲂强说能避暑,无条何计更消忧。髯今得之胜唊茹,不畜于池烹于釜。比似笼鹅换写经,交易而退各得所。我方屏迹近川泽,水清乃无鱼可获。临渊难结退后网,每食翻弹抱里铗。戏写长谣在画幅,笑谓鱼亦我所欲。迟君玉鲙授苏肠,此求应不类缘木。庚辰重九日,孝慈道兄属题,芮青时客沱水村舍。"铃白文方印"芮善"和朱文方印"敬于"。

一次雅聚,一幅《馈鱼图》,让"张大厨"和大千豆瓣鱼名声大噪,有朋友上山来,都嚷着要吃"张大厨"做的大千豆瓣鱼。

青城山离城比较远,那时没有电,更没有电冰箱储存食物,下山采购物资一次不能采购多了,尤其是像鲜鱼之类的,多了没办法保存。有朋友来,很多时候不仅没有鱼没有肉,甚至还缺菜。"张大厨"不愧是"张大厨",他会想办法就地取材,创新菜品招待朋友。许多年以后,记者曹积三采访张大千的学生胡立,问到张大千当年在青城山上当"大厨"的情况时,胡立回忆说:"老师当年在青城山时,如遇蔬菜不济时,常常就地取材,不断创新菜品,改善生活。八老师常常带着我们到山中去一边写生,一边采蘑菇、竹笋、折耳根、蕨鸡苔等野菜,并上灶研究如何制作新的菜式。就是这些不起眼的山间野菜,经老师掌勺,照样做出色鲜味美的菜品,让朋友们吃得'呼儿嗨哟'。"胡立告诉曹积三:"八老师的烹饪技艺确实了得,哪怕是一盘青菜,八老师炒出来都是碧绿如鲜。有一天刚送走吃饭的客人,八老师对我说,做饭烧菜不可小觑,这是艺术,烧不好菜,难成为一位懂得滋味的好画家。从那时起,我一边跟八老师学画画,一边跟着老师学厨艺。"

胡立还告诉曹先生,"有一次我们这些学生正在跟老师学习画画,八老师又拿厨艺来作比喻,教我们画画。有同学就问,老师,你画画的手艺和做菜的手艺比较,如何?老师捻着胡子笑眯眯地说,我的画与菜相比,菜,当然在画之上。这让围在画案旁边的学生们吃惊不小。"

曹积三写的这篇采访发表后,很多和张大千有过接触的朋友都说,张大千确实在许多场合都说过这话。

久而久之,青城山上的人都知道上清宫有个张大厨。

1941年,张大千从青城山启程到甘肃敦煌去临摹壁画。西北大漠的生活十分艰苦,特别是新鲜蔬菜严重缺乏,一直跟随张大千负责照顾他工作和生活的杨宛君,曾一度打退堂鼓,想离开那个地方。张大千知道夫人过不惯那种艰苦生活,就在敦煌石窟因地制宜,自创菜谱。他在敦煌有一个食单,写着这样几道菜:白煮大块羊肉、蜜汁火腿、榆钱炒蛋、嫩苜蓿炒鸡片、鲜蘑菇炖羊杂、鸡丝枣泥山药子。其中榆钱、苜蓿、山药等就是当地食材。但茫茫沙漠中,哪来的鲜蘑菇?原来,张大千住地有一排胡杨,他发现胡杨下每年七月会长出蘑菇,每天可摘一盘,于是就发明了"鲜蘑菇炖羊杂",这道菜也成了张大千团队在敦煌难得的佳肴。

离开敦煌的时候，张大千还画了一张野蘑菇生长地点的秘密地图，送给了后来任敦煌艺术研究所所长的常书鸿。张大千在地图上详细地标明了野蘑菇的采摘路线和采摘时间，还标明了哪一处的野蘑菇长得最好、口味最佳。

张大千不仅在青城山经常下厨掌勺，研究菜谱，就是离开内地到海外漂泊，也一直沿袭这个习惯，创制和改进了许多菜品，如著名的"大千六一丝""大千牛肉面""大千红烧狮子头"等。此后但凡有好友来，张大千都要亲自拟写菜单，其中就有许多是他创制的菜品。

张大千写菜单，后来还有一段趣话。张学良是张大千在台湾最要好的几个朋友之一。有一次张大千在摩耶精舍宴请张学良夫妇，张大千事前就拟好了菜单，吩咐厨师提前准备。宴席接近尾声时，张学良悄悄离席来到厨房，揭下贴在墙上的菜单，拿回家后请人精心装裱，并特地留出一块空白。第二年张大千到张学良府上做客，张学良挺神秘地拿出这张菜单对张大千说，给你看一样东西。张大千见张学良一脸神秘的样子，以为是什么宝贝。接过来一看，原来是去年宴请张学良时的一张菜单。张学良请张大千在留白处题字留念。张大千就在上面画了萝卜、白菜、菠菜，题字"吉光兼美"，并题诗一首：萝菔生儿芥有孙，老夫久已戒腥荤。脏神安坐清虚府，哪许羊猪踏菜园。在场的张群也乘兴题字：大千吾弟之嗜馔，苏东坡之爱酿，后先生辉，会话频传。其手制之菜单及补图白菜菫色蕸，亦与东坡之《中山松醪赋》异曲同工，虽属游戏文章而存有新意，具见其奇才异人之余绪，兼治含养生游戏之情趣。

　　一张小小的家宴菜单，因为张学良的有心，集成了几位名人的诗、书、画于一纸，不经意间成了烹饪界和艺术界的稀世艺术珍品，也见证了张大千作为民国美术界第一美食家的传奇。

青城山上唱大戏

张大千在青城山上,每天不是写生画画就是读书,最大的娱乐之一就是打开他的宝贝留声机放唱片,唱片中几乎都是京剧名角的唱段,如余叔岩、马连良、梅兰芳、程砚秋等,听到入情入境时,还要摇头晃脑地跟着哼上几句。跟在张大千身边的几个孩子,如心智、心瑞等几个大点的孩子,耳濡目染,不仅熟知唱片中这些京剧名角,还会像模像样地来上几段。

夏日的青城山昼长夜短。这天晚饭后,按平常习惯,张大千会带上夫人和孩子去上清宫外面的山径散步,稍事休息后就转回来到画室去画画。今天却突然来了兴致,对三位夫人和孩子们说:"今天咱们一家子来个京剧坐唱怎么样?一人来一段，高兴高兴。"心智、心瑞一听高兴得跳起来："好啊，好啊。"心智在北平时曾被张大千送到京剧大师梅兰芳那里学过一个多月的京剧，有点基础。杨宛君也像小孩子一样拍着巴掌赞成。杨宛君早年就在北平唱京韵大鼓，住在青城山上清宫，闲暇时也要拉拉胡琴，唱上几段。心庆不会唱京剧，闷着没开腔。

张大千家教比较严，晚辈早晚要向长辈请安；吃饭时要等全家坐上桌子，长辈没动筷子，小孩是不准先动筷子；要注意个人仪表，不能当众抠鼻子、挖耳朵、剔牙齿等等。家中还有"三不"规定：不抽烟、不饮酒、不赌博。张大千在孩子们面前比较严肃，孩子们在他面前也显得比较拘谨，家中除了摆龙门阵，几乎就没有什么娱乐活动。张大千可以没日没夜地画画，可孩子们活泼好动，在小院中待久了难免也有些烦闷。一听说今晚大家在一起唱京剧，这难得的放松，大伙都特别高兴。

张大千是出了名的喜欢京剧，还是个京剧超级票友。据说张大千年轻时初到上海学习书画，有一天上街看到名角汪笑侬演出《刀劈三关》的海报，心痒得不行，可口袋里没揣钱，咋办？张大千有办法，脱下身上穿的长衫当了两块钱，买了一张票就进了剧场，先过把瘾再说。许是看戏太投入了吧，

张大千故居画室（罗晓红摄）

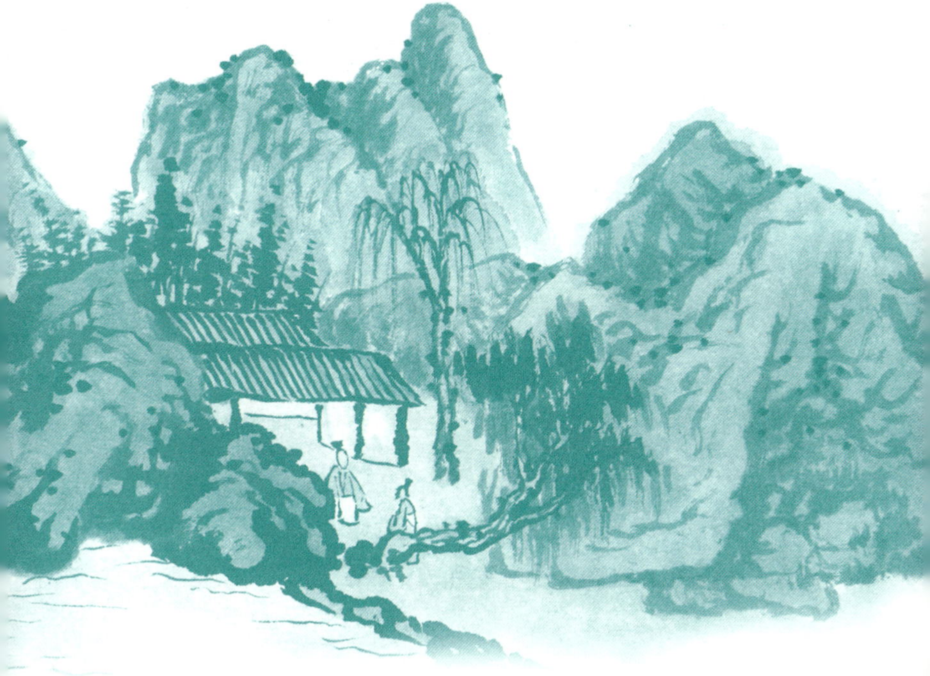

张大千竟然把捏在手中的当票给弄丢了。一件几十块的长衫就这样看了一场戏没了。

张大千也喜欢川剧,在成都常到悦来茶园去看川剧,和贾培芝、周企何、陈书舫等川剧名角是好朋友。张大千特别喜欢周企何演的川戏,如《幽闺记》《迎贤店》等。一次张大千去看周企何演川剧折子戏《请医》,对周企何的精湛演技极为赞赏,见他唱戏时手中的一把道具扇子十分破旧,便赠他一把湘妃竹骨精致大折扇,扇面上绘画《朱荷》,并为其题诗。周企何得此扇后,十分珍爱,舍不得用,演出时仍拿破扇上场。张大千见了便问其原因。周企何说:"我以为家宝,舍不得用耳!"张大千于是又送了周企何一幅画。

张大千能唱京剧,也能唱川剧。

一家子吃完饭便在上清宫小院中摆上茶桌和凳子。张大千对杨宛君说:"把你的胡琴拿出来拉起,开个头。"杨宛君当即拿出胡琴,调好音说:"八哥先来。"张大千捋一捋大胡子便要开唱。杨宛君说:"莫忙,虽然是清唱,还是要在八哥脸上画上几笔。八哥不是常说,那些个京剧名角不光唱功好,勾画脸谱的功夫也不差,画脸谱像画家画画一样。八哥是大画家,该给自己勾画个脸谱让大家看看,让我们见识见识。"几位夫人和孩子们一起起哄,齐声叫好。张大千知道几位夫人和孩子想趁他高兴,让他出洋相,瞪了杨宛君一眼,便进屋拿笔在脸上勾画了几下,拿起一根竹竿作撑船样,边唱边迈着台步从屋里走出来:"父女打鱼在河下,家贫哪怕人笑咱,桂英儿掌稳了舵,父把网撒……"这是马连良《打渔杀家》的一个唱段,张大千嗓子虽然不是怎么洪亮,唱得倒也是字正腔圆,有板有眼。

众人望着张大千自画的脸谱,一阵哄堂大笑,接着是一阵巴巴掌拍得山响。

"该曾姐姐了。"杨宛君调了调胡琴说,"曾姐姐唱什么呀?"

"我不会唱,八哥知道的。"曾正蓉连连摆手。曾正蓉持家带孩子还可以,要她唱什么京剧,真有点赶鸭子上架了。黄凝素忙帮曾正蓉说话:"宛君妹妹就不要为难大姐了,我代大姐唱一段吧。"

黄凝素以前也不会唱京剧,但身上有点艺术细胞,常听张大千放留声机,不时也跟着张大千哼唱几句,时间一长,把程派青衣唱得有模有样。也不等杨宛君的胡琴,就自顾自地唱起来。

杨宛君还想坚持让曾正蓉唱一段。张大千见曾正蓉急得脸红,忙出来打圆场,说:"宛君,二姐都唱了,该你唱了。"张大千知道杨宛君早就想在大家面前表现了。

杨宛君也不再推辞,清了清嗓子,先唱了一段余派须生,后拉起胡琴唱了一段梅兰芳的《贵妃醉酒》:"杨玉环今宵如梦里,想当初你进宫之时,万岁是何等的待你,何等的爱你。到如今一旦无情,明夸暗弃,难道说从今后两分离?"

张大千在北平时,结交的京剧演员朋友很多,如余叔岩、马连良、梅兰芳、程砚秋、孟小冬等,无论是看京剧演出还是和京剧演员朋友聚会,张大千都会带上杨宛君。杨宛君本来唱功就好,经由名家点拨,京剧唱得有专业水准了。

"你们说君姨唱得好不好?"

"好!好!"小院中又响起一阵掌声。

心智早有点急不可待了。几兄妹中,唱京剧是他的强项,他站起来在院中走起方步,字正腔圆地唱了一段《四郎探母》,京味十足。

该心瑞上场了,她唱的是《生死恨》唱段。心瑞不光有动作,表情也到位。只见她双眉紧皱,做了一个甩水袖的动作:"天啊天……想我韩玉娘好命苦啊……"认真的表演和唱功得到了君姨的赞赏,说这个孩子要是从小训练,说不定张家要出一个名伶呢。

"十一,该你了。"听到父亲叫自己上场,心庆紧张得哇的一声哭起来。"爸爸,我不会啊。"

"十一,不许耍赖哦。"张大千半开玩笑半认真地说。

心庆比心智和心瑞年纪小,又不会京剧。张大千见心庆一个劲地哭,就说:"傻丫头,别哭了,我替你唱一段川剧吧。"说罢就学周企何的唱腔,摇头晃脑地唱起来。唱完了又对心庆说:"难得今晚大家都高兴,那你就唱首歌吧。"张大千给心庆找了一个台阶下,心庆破涕为笑,唱了一首《可爱的家庭》。

幽甲天下的青城山不仅给了张大千丰富的创作灵感,上清宫的小院更给了饱经颠沛之苦的张大千以家的温馨。在青城山上清宫的几年时间,是张大千一生中难得的全家在一起生活的幸福岁月。

张心庆在晚年的回忆中说,回忆少年时在青城山生活的那段时光,对那天晚上一家人在上清宫的小院中唱大戏仍记忆犹新,说那是她在青城山上最快乐的一天。

张大千摆龙门阵

张大千的放松方式除了放留声机、听京戏，日常中的娱乐就是摆龙门阵。四川人把聊天称作摆龙门阵，张大千就喜欢摆龙门阵。但有三朋四友相聚，他总要天南海北神侃一通，或讲他年轻时被土匪抓上山当了几个月的"土匪师爷"，或讲他在松江禅定寺出家，临到剃度时逃跑的经过。在上清宫，每天晚饭后，就是张大千摆龙门阵的时候，几位夫人和孩子们围坐在一起，有时还有学生，听张大千摆他年少时的逸闻趣事。有朋友上山来看他，他会在画案上一边挥毫，一边和朋友摆龙门阵，龙门阵摆得越精彩，他的画笔越有神。实在没得摆了，就到厨房去和厨师交流一下厨艺。青城山上清宫，每天晨钟暮鼓,黄卷青灯,寂寞得很,可在那座小院中,常常可以听到张大千摆龙门阵时发出的笑声。

张心庆小时候常听父亲摆龙门阵,在她的回忆中,父亲讲了许多有趣的故事,比如他年轻时被土匪绑上山去当"土匪师爷"的故事,常常听得孩子们哈哈大笑。让她记忆犹新的是父亲年轻时的一桩囧事。

四川人爱喝茶,爱坐茶馆,张大千也不例外。有一次张大千准备到茶馆里去喝茶看书,口袋里装了二三十个铜板,心想,这些钱喝碗茶,吃碗肉丝面还是绰绰有余的。于是便大摇大摆地走进茶馆,朗声喊道:"幺师,泡茶。"幺师问:"泡啥子茶?"张大千非常自信地说:"当然是泡好茶啰,要毛峰。""好哩,毛峰一碗。"幺师一边说,一边摆上盖碗,待放好茶叶,拎起茶壶一扬,一道白练凌空而下,冲得茶叶上下翻滚。待盖上茶碗,幺师两眼笑眯眯地盯着张大千,那意思是该掏钱了。

张大千一摸口袋,糟糕,口袋里没钱了。这才想起出门换衣服时,铜板放在换下的衣服口袋中了。咋办?茶已经泡好了,没钱给茶钱,这面子丢大了。张大千那时还没出茅庐,人生面不熟,自然没人抢着给茶钱。换成是现在,只怕满茶馆的人都举着钞票在喊:"八先生的茶钱这边给了!"张大千还算沉得住气,故作镇静地对幺师说:"我还要等一个朋友,茶钱一会儿一起给。"幺师也还爽快:"没来头。"

幺师说没来头,就是没关系的意思,但终归这茶钱还是要给的嘛。

张大千一边喝茶,一边惴惴不安地看四周,看看有没有熟人可以帮他解这个扣,书也看不下去了。

这时张大千发现有两个工人在修补炉灶,地上一堆和好的黄泥,灵机一动,就走过去要了一坨黄泥。正好邻桌有个正在看书喝茶的人,张大千就说:"老兄,我给你捏个人像如何?"这人看了看张大千,觉得这个小伙太年轻,有点不大相信。张大千很快就用黄泥给这人捏了个人像,大伙一看,咦,还真像。周围的茶客都凑过来纷纷要张大千捏一个。这位老兄就开腔了:"人家这是手艺,捏一个可以,咋个也要给几个铜板才好噻。"众人都说好。

张大千就在茶桌上给茶客们捏了几个人像,茶钱有了,面钱也有了。

张心庆回忆说:"父亲讲完后跟我们几个孩子说,'你们都要牢记,君子爱财,取之有道。我挣钱是凭手艺,你们都要好好学习，学会手艺，俗话说天干饿不死手艺人，你们走遍天下才不会饿肚皮哟。'"张心庆说："父亲名下十几个孩子，虽然没有大富大贵的，但人人都靠自己的本事生活，这也是父亲教育的结果。"

醉人的青城醪糟

张大千的长女张心瑞是张大千子女中为数不多的大风堂入室弟子,在书画方面颇有造诣。2016年重访青城山,除了向青城山赠送父亲的作品外,她还在建福宫向道观赠送了她用工整的欧体书写的"宁静致远,淡泊清心"和"天人合一"条幅;在当年居住的上清宫,她赠送了手书的"青城山大千故居"。

在上清宫旧居,张心瑞触景生情,说儿时曾在青城山生活了好长一段时间,这里的山山水水她都喜欢。她小时候在青城山,父亲常带他们几姊妹去山下赶太平场,她最喜欢吃山下太平场的醪糟汤圆,甜甜的,好安逸哦。张心瑞说,现在在美国，偶尔也吃上两口，但味道始终没有家乡醪糟那么地道。

此事在张心庆写的回忆文章中也有记载。2010年，张心庆写了一本怀念父亲的书，其中有一章就专门写了她母亲曾正蓉给他们几姊妹做醪糟的故事。

1938年举家迁居到青城山上清宫后，一个难题就摆在张大千的面前：孩子们的读书问题怎么解决？上清宫距山下小学有几十里路，孩子们是没法从上清宫去上学的。心庆、心一都还不到十岁，正在上小学，怎么办呢？经彭椿仙道长联系，张大千将心庆、心瑞、心一几个孩子送到山下一所乡镇小学读书。那年心瑞读小学六年级，心庆读小学四年级。

张大千在山下距学校较近的一宋姓人家的院子里租了几间屋，安排曾正蓉负责在山下照顾孩子。据张心庆回忆："这家主人宋老爷子是清末的一位秀才，宋家是书香门第。院子很宽大，里面长满各种花草树木，蜡梅、红梅、贴梗海棠、白兰花等，一年四季都有花开。最令我难忘的是桂花，一到秋季，满院子清香扑鼻。还可以用桂花来泡酒，又香又甜，真是令人回味无穷。"

张大千刚上青城山时，每逢山下太平场场期，只要有空便要带夫人和孩子们下山赶场，到乡公所看看消息，到刘待诏那里修个面，掏个耳朵，再带孩子们吃点小吃。心庆和心瑞两姊妹最喜欢的就是太平场的粉子醪糟。

这天又是太平场场期，张大千带着曾正蓉和心瑞、心庆、心一下山赶太平场。以往下山赶场很多时候都是杨宛君陪着，今天是曾正蓉带着孩子们陪着。赶了场，张大千就要把这几个小孩送到宋家院子，开始小学的读书生活。心瑞和心庆听说下山赶场，兴奋得又蹦又跳，一路小跑。心瑞说："八娘，我们去吃粉子醪糟吧。"心瑞是黄凝素所生，她叫曾正蓉为八娘。心庆比心瑞小，一听说吃粉子醪糟，高兴得很，也嚷着要到太平场去。

因为要送孩子们进学校了，用曾正蓉的话说就是要把几个娃娃给"关起来"了，张大千就答应带几姊妹去药王街吃醪糟。

醪糟是川西坝子很普通的一种小吃。醪糟的制作也很简单，就是把糯米蒸熟后拌上甜酒曲，放在容器中密闭发酵两三天就成了。用料和酿制方法简单，但真正要做出一坛酸甜适度，味道醇厚的醪糟却不是一件容易的事。酒曲添加的比例和发酵温度、发酵时间的控制等，全靠制作者的经验掌握。温度高了，时间长了，醪糟会发苦，发涩；温度低了或时间不够，醪糟就变成一坛稀饭。青城山下太平场有制作醪糟的传

醉人的青城醪糟　285

统，几乎家家都做，且做出来的醪糟又香又甜，再配上又软又糯的粉子，糯软滑爽而不粘牙，好吃。再在醪糟中加上一个溏心荷包蛋，用灌县的方言来形容，那叫一个"安逸得板"！

还有一个关键的地方，煮醪糟必须要加红糖（青城山下的老百姓称之为黄糖）。张大千和曾正蓉都是四川内江人，内江产糖，号称"甜城"，知道红糖和白糖的区别。按理说，红糖是初级产品，白糖是在红糖的基础上精炼而成，甜度比红糖高。奇怪的是煮醪糟就是要用红糖，口感才好。为什么？太平场百年老店"张醪糟"的传人也说不清楚，反正煮醪糟就是要用红糖，味道和口感才好。

曾正蓉在宋家院子照顾几个孩子的读书和生活。曾正蓉心灵手巧，在山上时，她不仅学会了泡青城泡菜，还学会了酿制茅梨酒。孩子们喜欢吃醪糟，她就向醪糟铺子的师傅学做醪糟。一次生二次熟，慢慢地，曾正蓉酿制的醪糟已经可以和太平场的醪糟老店媲美了。每到周末，曾正蓉带上心庆、心瑞几个孩子上山和张大千团聚，有时就会带上一坛子醪糟上山给大家煮粉子醪糟。张大千一生不抽烟，不喝酒，有时画画到深夜，陪侍的夫人会煮上一碗醪糟蛋或银耳汤给张大千消夜，张大千吃了后又精神抖擞地伏案作画。

后来心瑞、心庆读初中到成都住校，吃醪糟的机会就少了。

许多年以后，张心庆在回忆这段生活时，依然十分怀念。她在回忆的书中写道：这年秋天，正是中秋节前后，母亲（张心庆是曾正蓉唯一的女儿）又给全家做了醪糟（米酒）。母亲煮的醪糟蛋真好吃，十分香甜可口。后来，我们从邻居小朋友那里学会了把桂花放进醪糟里，桂花醪糟的味道更美了。有一次我们几个小孩趁母亲上街赶场时，悄悄地办起了"姑姑宴"，你一口，我一口，只觉得好吃极了，没想到醪糟喝多了也会醉的，结果我们几个小孩子都喝醉了。

几十年没吃青城山下的醪糟了，那甜甜的味道，想想也会醉的。

大千月夜奔青城

张大千几个曾在上清宫居住过的子女，退休后都先后到青城山寻找童年时的足迹，寻访儿时的"家"。当他们看到几十年前居住的上清宫小院依然如故，童年的记忆随着眼眶中的泪水一起涌了出来。

1982年夏天，青城山接待了两位特殊的客人：张大千的长子张心智和他的夫人苑仲淑。张心智年轻时曾随父亲在青城山住过几年，1941年随父亲到敦煌协助父亲临摹敦煌壁画，后就留在宁夏学习和工作，一直到退休。这次和夫人一起从宁夏回四川探亲，专程到青城山寻访旧踪。陪同他们上山的有张大千的弟子胡立的夫人雷良玉。雷良玉也是张大千的弟子。

上清宫旧居的一切都令张心智感到那么亲切,那么兴奋。他穿行在各个房间中,不停地向苑仲淑介绍当年在这座小院中发生的故事。张心智讲了那么多童年的趣事,如偷猪油吃的小豹子、喝醉酒的小熊等。其中有一件事令苑仲淑印象深刻,后来苑仲淑在她的回忆文章中讲述了这个故事。

1940年夏天,张心智陪同张大千去敦煌的前一年,张大千的好友,也是画家的黄君璧邀请张大千同游峨眉,写生画画。张大千的子女中张心智最大,张大千想培养张心智学习画画,就带着他一同去了。回程路过成都已是黄昏时分,按常理应该在成都住宿一晚,第二天回青城山才是。可是张大千对黄君璧说,今天一定要回家。黄君璧一愣,你要回内江?张大千说,我要回青城山。张大千所说的回家,其实就是回青城山上清宫小院的那个家。黄君璧劝他明天再走,张大千不听,非要回家。黄君璧拗不过他,张心智更不敢多劝。好在开往灌县(今都江堰市)的车还有最后一班,父子二人就乘班车回灌县。那时的成灌公路还是碎石马路,汽车速度也不快,等父子二人一路颠簸走拢灌县时已是晚上九点多钟了。在一家小店吃了晚饭,各个店铺都已打烊,手电筒快没电了,想买电池也买不到,甚至连火把都找不到。

"怎么办呢?"心智怯怯地问,"要不找个幺店子住下,明天再走?"

"你妈还在家里等我们呢。走!"张大千抬头望了望天,漆黑的天幕上,云层中露出一丝丝月光,模糊中甚至看不清对方的脸。

从灌县县城到青城山,中间隔着一条岷江,过河要走马家渡摆渡过河。马家渡的渡船在夜晚是停止摆渡的,这个时间要过河只有绕道上游走二王庙的索桥。也不知那天晚上张大千是怎么想的,他硬是拉着心智的手沿着江边小道往索桥走。还没走拢索桥,阵阵涛声裹着凉风吹过来,让心智不禁打了一个寒战。

二王庙脚下的这座索桥叫安澜桥,当地老百姓又称之为"夫妻桥"。索桥长六百多米,宽约两米,几根竹索架在两岸桥墩上,中间用木架撑起。桥面上铺木板,两边有竹索做护栏。行人在上面走时,桥会左右晃动,桥下江水奔腾咆哮,人常常会产生晕眩,感到恐惧。张心智刚一踏上索桥,晃动的索桥便让他一个趔趄差点摔倒,嘎嘎作响的木板吓得张心智连忙蹲下来。张大千一手提着一个小箱子,一手拉起张心智,叫他别怕:"抓紧啰,跟着走。"张大千为了缓解心智的紧张情绪,指着索桥上方朦胧的白沙方向说:"还记得吗,我们和你妈妈、君姨,还有萝萝、心玉、心珏一起在白沙河滩上玩,捡石子,逮小鱼儿,玩得好开心哦。"就这样,张心智跟在父亲身后,跟跟跄跄,左摇右晃地走过了索桥。回身望着夜色中如长龙一样的索桥,听着桥下的涛声,张心智吓得浑身直冒冷汗,两腿酸胀无力。再看看父亲,一副若无其事的样子。

"心智啊,你知道灌县的老百姓为什么叫这座索桥为夫妻桥吗?"为了安抚惊恐中的儿子,张大千一边走一边给心智讲索桥的故事。夫妻桥的名字包含着一个凄美动人的故事。索桥最早建于宋代,原来叫"珠浦桥",后改称"评事桥"。这桥明末清初毁于战火,后来这里就只能像马家渡一样靠渡船过河。后渡口被当地恶霸马舵爷把持,老百姓过河被勒索钱财,客商被劫夺财物,人称"霸王渡"。旧时灌县曾有"走遍天下路,难过霸王渡"之说。清嘉庆年间,青城山下有个教私塾的先生,姓何,年少时即考取了秀才,后屡次乡试不第,遂放弃了科考,回家设馆蒙童。何秀才娶妻杨氏,人称何娘子。旧时教书先生收入不高,日子过得清贫。何秀才看到两岸乡亲过渡时常常被马舵爷勒索,气愤不过,就变卖了自己的家产,修建了这座索桥,方便大家过河。马舵爷见何秀才断了他的

安澜桥(铨生摄)

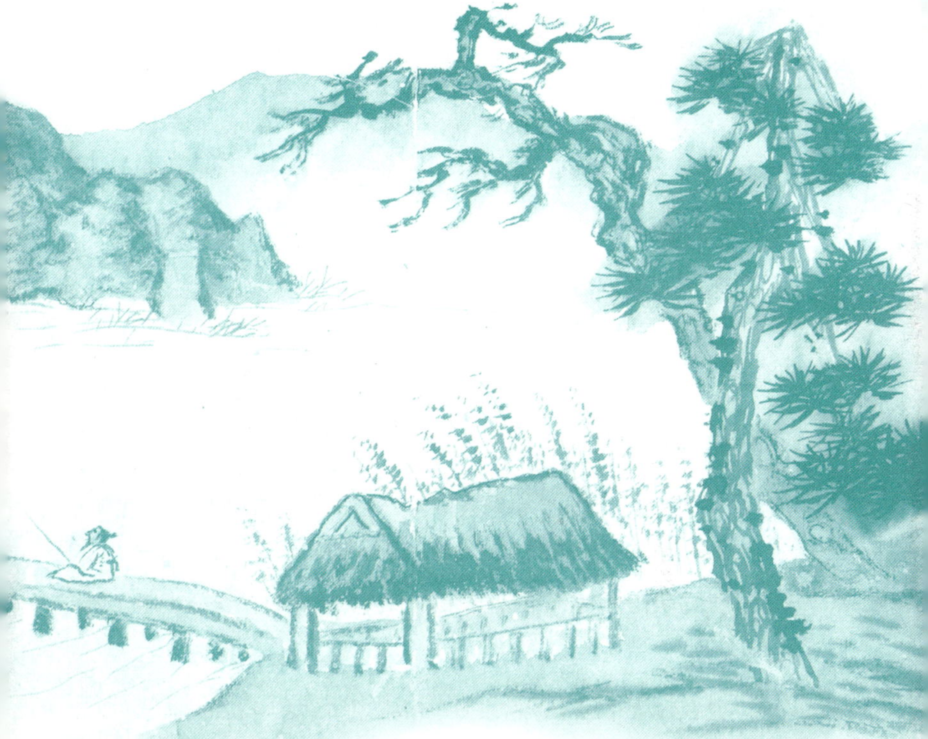

财路,唆使手下暗中砍断索桥,制造事端,并勾结官府将何秀才抓去坐牢,迫害其致死。何娘子为了实现丈夫的遗志,不惧强权,在两岸乡亲们的支持下,重新修建了索桥。在踩桥那天,众乡亲簇拥着何娘子踩桥,何娘子端着何秀才的灵牌,缓步走上索桥。行至桥中,何娘子三跪九叩,呼喊着何秀才的名字,纵身跃入岷江,追随何秀才而去。

后人感念何秀才夫妇的恩德,将索桥取名为"夫妻桥"。

张心智一边走一边听父亲讲夫妻桥的故事,渐渐忘记了恐惧和劳累。从索桥到青城山山门,再到上清宫,少说也有二三十里路。到上清宫时,已是半夜两点多钟,大门早已关了。

到家了。张大千显得十分兴奋,伸手拍响大门。

"谁在敲门?"值守的小道士打着哈欠,揉着惺忪的睡眼起来开门。

"是我,大千居士,僧敲月下门哦。"张大千捋着大胡子笑着说。

张心智的夫人苑仲淑在回忆录中写道:我和心智在青城山住了两天,心智时时都在回忆当年在青城山居住的往事,回忆当年随父亲月夜走青城的情景。在青城山回忆这段往事时,我们写了两首感怀小诗,其一:依然旧时老厢房,燕子衔泥入画廊。麻姑池水空自绿,鸳鸯井侧梅凝香。其二:曾记当年上清宫,朝霞暮色画青城。天高海阔人隔远,空留梅花寂寞红。张心智和夫人苑仲淑将这两首诗和在青城山拍的照片寄给远在台湾的父亲,没想到诗和照片在邮寄的过程中给弄丢了。第二年张大千在台北去世。直到去世,张大千也没有收到儿子和儿媳寄给他的诗和照片,这事遂成张心智和苑仲淑夫妻俩的终身遗憾。

附录 张大千家世

祖籍广东

据张大千的四哥张文修修撰的《张氏家乘》记载,张大千先祖的原籍在广东番禺,后迁居湖北麻城县(今麻城市)。在"湖广填四川"的移民潮中于康熙年间从湖北移民到四川内江定居,至张大千父亲张怀忠一辈已是第九代。张氏一族系客家人,不仅族中人能讲客家话,而且保留了客家的生活习俗和称谓,如称祖父、祖母为阿公、阿婆,称父亲为阿爸,称母亲为阿妳,或妳妳。

张大千祖上曾修有族谱,后毁于一场火灾,未能流传下

来。张大千的父亲张怀忠嘱其四子张文修重修家谱,并从张大千这一辈开始,重新拟订字辈排行。张文修拟订的张氏字辈排行为四句五言诗:正心先诚意,国治本家齐,温良恭俭让,子孙永保之。从张文修拟订的张氏排行五言诗字面上看,除了有厘清家族辈分的作用,还有教育子孙后辈要正直、忠诚,要有良好的品行和操守,要为国家作贡献的意思。张大千这一辈就属正字辈,张大千原名张正权,大千这名字是张大千在松江禅定寺出家时,禅定寺住持逸琳法师给取的。

父母兄弟

张大千父亲张怀忠,母亲曾友贞。

二哥张善孖,本名张正兰,著名画家,擅长画虎,是引导张大千走上艺术之路的引路人,也是对张大千一生影响最大的兄长。

三哥张丽诚,本名张正齐,经商,在经济上对张家多有帮助;三嫂罗正明,曾抚养过幼时的张大千,是张大千一生中最敬重的人之一。

四哥张文修,本名张正学,四川著名中医师,中华人民共和国成立后曾任内江市政协主席。

张大千本名张正权,又名权,亦名爰,家中排行老八,乳名小八,成名后,也有学生叫他"八老师""八先生",家中孩子有叫他阿爸、爸爸、八叔、八老子的。

十弟张君绶,本名张正玺,曾与张大千一道师从曾熙门下学习书法,惜因困于感情之事,年纪轻轻就去世了。

张大千家世

娶妻四位

大夫人曾正蓉，张大千的原配夫人，内江人，是大千母亲曾氏家族里的一个女子，性格温柔和善，由张大千的母亲做主定的亲。婚后生有一女，名张心庆，排行十一。张大千众兄弟子女分男女依次排行，故张心庆排行十一。张大千常昵称张心庆"十一女"或"十一"。曾正蓉心地善良，勤劳朴实，一生任劳任怨为张家操持家务。张大千去敦煌临摹壁画期间，曾正蓉承担了照看几个孩子，打理家庭的重任。更难能可贵的是，张大千离开内地后，留在家中的二百多幅敦煌临摹壁画由曾正蓉保管着，这可是一笔无法用金钱来衡量的文化瑰宝，尽管当时曾正蓉要抚养张大千留在内地的子女，经济上非常拮据，但曾正蓉还是毅然将张大千临摹的敦煌壁画二百多幅全部捐献给国家。

二夫人黄凝素，内江人，和张大千是自由恋爱。黄凝素性格开朗，爱说爱笑，容貌清秀，身材苗条，精明干练，且爱好文艺，受张大千影响，爱好京剧，且唱得一口程派青衣。后黄凝素不满张大千娶徐雯波，便和张大千离了婚。

三夫人杨宛君，是北平曲艺演员，在北平唱京韵大鼓，小有名气，不仅人长得漂亮，对艺术也有一定见解，可谓是才貌

双全。杨宛君是张大千1935年夏在北京中山公园举办个人画展时认识的，二人结婚后，杨宛君便放弃了自己的演艺事业，随侍在张大千左右，照顾他的工作和生活。张大千去敦煌临摹壁画，杨宛君不顾西北大漠环境恶劣，生活艰苦，一直坚持随侍在张大千左右，给了张大千很大的帮助和支持。杨宛君吹拉弹唱都很在行，张大千离开内地后，杨宛君曾参加过西南铁路文工团工作。在张大千的影响和指导下，杨宛君的国画也画得不错。杨宛君后回北京居住，在生活困难时，曾画过扇面出售。杨宛君一生无子女。

四夫人徐雯波，成都人，跟随张大千学习画画。张大千五十多岁时娶徐雯波。徐雯波后跟随张大千旅居海外，先后辗转到印度、阿根廷、巴西、美国，最后定居中国台湾，四处漂泊长达三十多年，直至张大千在台北去世。徐雯波和张大千共育有四个子女。

子女情况

张心亮，长子，黄凝素所生。十七岁时因患肺结核医治无效去世。

张心智，儿子，黄凝素所生。自幼跟随张大千学习绘画。1941年随父亲张大千赴甘肃敦煌临摹敦煌壁画，后留在西北工作。曾任甘肃省文物管理委员会美术干部，宁夏银川博物馆馆长，宁夏政协常委会副秘书长。退休后曾偕夫人苑仲淑访问青城山。

张心一（葆萝），儿子，黄凝素所生。20世纪50年代初，曾在北京某广告公司工作，后出国到巴西八德园随父亲学习画画，"大风堂"第二代门人，后定居美国。2017年7月24日，张葆萝在美国加州"可以居"家中去世，享年八十六岁。

张心玉（蘧蘧），儿子，黄凝素所生。曾在部队文工团工作，后转业到甘肃兰州工作，曾任兰州音乐家协会主席。

张心珏（琳琳），儿子，黄凝素所生。中华人民共和国成立后曾在江苏连云港市某化工厂任工程师。

张心澄（澄澄），儿子，黄凝素所生。1951年去美国。

张心夷（满满），儿子，黄凝素所生。1952年去美国。

张心健（小多毛），儿子，徐雯波所生。曾在成都铁路局马角坝机务段工作，"文化大革命"中不幸去世。

张心瑞（拾得），长女，黄凝素所生。四川美术学院老师，师从张大千学习国画，"大风堂"第二代门人。张大千离开内地后和张大千的学生、著名画家萧建初结为夫妻。退休后赴美国，2022年8月在加拿大温哥华去世。

张心庆（十一），次女，曾正蓉所生。早年考入四川省艺专学习声乐，后参军入伍到部队文工团，转业后在成都一所小学任教至退休。

张心裕（十二），女儿，黄凝素所生。中华人民共和国成立后考入四川华西大学药学系，毕业后在西南制药厂工作，药剂工程师。

张心娴（尕妹），女儿，黄凝素所生。中华人民共和国成立后移居美国。

张心沛（满妹），女儿，黄凝素所生。幼时随张大千离开内地，后定居美国。

张心碧，女儿，徐雯波所生。幼时夭折。

张心印（牛牛），儿子，徐雯波所生。现居美国。

张心声，女儿，徐雯波所生。现居美国。

（资料据张心瑞、张心庆回忆文章）

后记

《张大千:平生梦结青城宅》一书即将付梓之际,有些埋在心里的话不吐不快。本书从确定选题到写作、修改、定稿、版式设计、图片使用等,雷棚和袁璐这两位年轻的编辑老师倾注了大量的心血,有时为了一个细节或一个段落,都要进行反复地讨论和修改。她们认真的态度和敬业的精神让我感动,值得我学习。

本书的青城山照片主要由摄影师罗晓红老师拍摄。罗晓红老师是都江堰市摄影家协会副主席,当她得知本书需要当年张大千先生在青城山工作和生活过的旧居及留在青城山的碑刻照片和笔下画过的青城山美景的图片时，便不辞辛苦，背着摄影器材，循着当年张大千先生在青城山的足迹，翻山越岭进行拍摄。她用镜头向读者呈现了张大千先生当年在青城山工作和生活的场景，用镜头再现了张大千先生曾经用那支神笔画过的青城山美景。这些图片为本书增色不少，在此向罗老师表示衷心的感谢。

张大千先生是享有国际声誉的国画大师，能将张大千先生在青城山工作生活的一段历史呈现给读者，作为一个青城山人，笔者荣幸之至。至于写得如何，留待读者评说。

2025年夏于都江堰山茶园

图书在版编目（CIP）数据

张大千：平生梦结青城宅 / 何民著. -- 成都：四川人民出版社, 2025.9. -- ISBN 978-7-220-13849-2

Ⅰ.I25

中国国家版本馆CIP数据核字第2024RG1636号

ZHANGDAQIAN PINGSHENG MENG JIE QINGCHENG ZHAI

张大千：平生梦结青城宅

何民 著

出 版 人	黄立新
责任编辑	雷 棚　袁 璐
融合统筹	袁 璐　雷 棚
封面设计	张 科
装帧排版	李笑冰
责任校对	吴 玥
责任印制	周 奇
出版发行	四川人民出版社（成都市三色路238号）
网　　址	http://www.scpph.com
E-mail	scrmcbs@sina.com
新浪微博	@四川人民出版社
微信公众号	四川人民出版社
发行部业务电话	（028）86361653　86361656
防盗版举报电话	（028）86361661
印　　刷	成都市东辰印艺科技有限公司
成品尺寸	135mm×200mm
印　　张	10.125
字　　数	158千
版　　次	2025年9月第1版
印　　次	2025年9月第1次印刷
书　　号	ISBN978-7-220-13849-2
定　　价	68.00元

■版权所有·侵权必究

本书若出现印装质量问题，请与我社发行部联系调换

电话：（028）86361656

青城烟云

品味大千居士的艺术情怀

扫码穿越

壹 AI川宝
全天候在线答疑
解画中玄奥 话青城往事

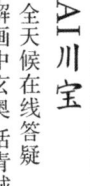

贰 传奇人生
听演播剧 感悟艺术人生

叁 执笔东方
赏作品集 洞见艺术魅力

肆 艺术影集
观纪录片 走进百年巨匠